U0796155

天

Borderless

下

博稽古今　融汇天下

天
Borderless
下

古人的天平

上卷

透过古典名著看法律文化

郭 建 著

法律出版社 | LAW PRESS
北京

前言

所谓名著就是能够永远引起人们阅读愿望并且能够不断被人们解读的作品。随着时代的迁移,每一代人都会在新的立场、从新的角度对名著重新解读,名著的话题是永远也说不完的。本书就是从法律文化角度对于中国明清时期文学名著的一种解读,并由此介绍中国传统法律文化的一些特色以及它的影响,使读者能够从中得到新的认识和感悟。

长期以来,人们在谈到明清小说时,总是会举出《水浒传》《三国演义》《西游记》《红楼梦》这

“四大名著”。而明代小说《金瓶梅》尽管也是一部在当时以及在后代都有广泛影响、号为“奇书”的小说,却因为书中有一些被道学家们认为是“淫秽”的内容而不登“名著”之列。不过从小说所描绘的社会生活场景、人物故事形象、语言文字生动程度等方面来说,《金瓶梅》恰恰是最能表现晚明社会的小说,完全应该进入中国古典小说名著之列。

中国小说史专家陈大康先生在他的《明代小说史》一书中,归纳了小说发展的五大要素:写作者、书坊主、评论者、读者群、朝廷文化政策。运用这个分析系统,我们可以说,以上这五大名著的形成与流行也受到这五大要素的“合力作用”。

人类是有无限想象力的物种,创作的欲望与冲动是永恒的文学发展动力。但是,作者通过对生活素材的解析与提炼而创作出来的作品,能够得到传播机会,并引起受众的共鸣,为社会接受而流行,其中决定性的因素,是个人创作背后的社会环境。明清社会建立了完整严密的科举考试制度,读书人能够通过科举登上龙门跨入特权官僚阶层的比例不过千百分之几,科举考试中被淘汰者能够依靠读书所得的知识来维持生计的途径并不多,除做官僚的私人顾问(所谓幕友“师爷”)、私塾教师外,很难用自己读书识字的本领去博得生活资源。创作小说,除了作者的创作冲动,也是博取生活资源的途径之一;同时又可以实践儒家“教化”民众的理想,通过小说故事向读者灌输孝悌忠信、礼义廉耻的概念。这是明清小说创作的原动力之一。

从社会经济角度来看,小说是一种商品,是需要出版的、供人阅读的特殊批量性商品。作为批量性的商品,除创作者的原创外,还需要有印刷者、发行者、出售者的参与。所以书坊主的投资,是小说得以流行的重要因素。书坊主对于市场的敏感性、对于印刷发行成本的控制,是激励小说生产、流行的重要因素。

利益集团介入出版业,也是小说生产流行的重要因素。明朝初年的严厉管制政策到了明中期已经逐渐松弛。长期和平局面下社会经济的恢复与发展,形成了更多的既得利益势力,牵制并消耗了朝廷的高压政策。嘉靖元年(1522年)朝廷司礼监(宦官管理机构)刊刻《三国志通俗演义》。不久,统治集团中的重要人物武定侯郭勋也出资刊行《三国志通俗演义》和《水浒传》。郭勋还为了宣传自己祖先郭英的开国功勋,组织编写并出版了《皇明开运英武传》,以图达到影响舆论从而使朝廷批准郭英“配享太庙”的目的。小说创作的禁忌由此大为放松。因此从嘉靖年间开始,小说创作走向繁荣。

小说的原创主要由读书人的创作冲动而引发,而小说的流行与成名,则更大程度上需要另外一些读书人的评论与推介。本书所提到的这五本名著,就是因为有大量的评论者给予好评,施以“奇书”“才子书”等赞赏之词,并以各种点评、插话,进一步提炼小说的主题,分析小说的写作特点,介绍阅读时应注意的事项,解释作者的创作意图,如此等等,才得以广泛流行。

作为一种商品,小说必须要有读者市场。名著,就是有市场效应、拥有众多读者的作品。小说在明清时代的流行,和明清时代商业城市兴起是同步的。商业城市的居民,需要依赖市场交换生活,人际交往复杂,粗通文墨者众多,城市中有卖书、印书的书坊,又有科举考试的应考人群,小说的传播和阅读容易形成风气。

明末小说爆炸性发展,而朝廷的立法有一定延迟。到了清朝,开始对小说这种文艺形式进行法律管制。康熙十六年(1677 年)作为刑法基本法规的《(刑部)现行则例》规定:“凡有狂妄之徒,因事造言,捏成歌曲,沿街唱和,及以鄙俚亵嫚之词刊刻传播者,内外各地方官即时察拏,坐以不应重罪。若系妖言惑众,仍照律科断。”这里的“因事造言”,可以泛指一切根据时事改编的作品。此类作品的传唱与刊刻都被禁止,若违反,则从重处以“不应得为”罪(罪人处杖八十)。显然,这样的罪名可以安到任何一部描写现实社会的小说作者头上去。

康熙五十三年(1714年),朝廷礼部拟定了查抄销毁“淫词小说”的条例,经皇帝批准颁行。该条例如下:

> 凡坊肆市卖一应淫词小说,在内交与八旗都统、都察院、顺天府,在外交督抚等,转行所属官弁严禁,务搜板书,尽行销毁。有行造作、刻印者,系官革职;军民杖一百,流三千里。市卖者,杖一百,徒三年。买看者,杖一百。该管官弁,不行查出者,交与该部,按次数分别议处,仍不许借端出首讹诈。

这条法律并不对所谓的“淫词小说”进行定义,却要求对市场进行搜检“严禁”,连图书带印版,全部烧毁。写作、刻印“淫词小说”的,如果是官员,予以革职处分;如果是普通的军人、百姓,就要处以杖一百、流三千里。贩卖“淫词小说”的,处以杖一百、徒三年。购买并阅读“淫词小说”的,也要处以杖一百。晚清曾任刑部尚书的律学家薛允升批评说,“淫词小说”只不过是一种“不应得为”(处刑笞四十到杖八十)的罪名而已,判处最高等级流刑的流三千里、最高等级徒刑的徒三年,似乎实在是有点太重了。而且犯罪的官员不过是革职处分,而百姓却要处流三千里,和一般的处刑原则不同。但是这样定义模糊不清、定罪范围宽泛、滥用重刑的条例,在颁行后一直没有修改,沿用到清末。

这种直接体现朝廷文化政策、“舆论导向”的法令,自然会对小说的创作与传播产生直接的影响。而人们通常的法律观念,以及人们对于法律的知识程度与熟悉水平,也影响着作者的创作与读者的阅读。在小说的情节描写中,不仅可以领略到作者本人的法律观念,也可以发现社会普遍的法律观念,发现国家法律与民间实际生活习惯之间的互动。而小说之类的文学作品尤其是名著的法律观念,又在与后世一代又一代的读者互动中,影响着他们的价值取向及行为准则。如果本书的读者在欣赏这五大名著的时候,能够体会到故事情节后面的法律文化背景,那就更是“开卷有益”了。

目录

CONTENTS

三 《西游记》

四 《金瓶梅》

五　《红楼梦》

一

《三国演义》

宋朝民间的说书人已经在讲三国故事了，而元代已有《三国志平话》《三分事略》等说书人的话本，以及关汉卿的《关张双赴西蜀梦》《关大王独赴单刀会》、高文秀的《刘玄德独赴襄阳会》、郑光祖的《虎牢关三英战吕布》，无名氏的《诸葛亮博望烧屯》《关云长千里独行》《刘玄德醉走黄鹤楼》《两军师隔江斗智》等三国故事杂剧。一般认为是元末明初人罗贯中编著了《三国志通俗演义》，大约在明初洪武年间以抄本流行，直到一百多年后的嘉靖元年(1522年)，才由朝廷太监机构司礼监刊行。

小说《三国志通俗演义》主要由史书《三国志》改编，初刊本的题头就是“晋平阳侯陈寿史传”，“后学罗贯中编次”。小说仍然以文言体为主，主要写作目的应该是供人阅读，并不是说书人的底本。

明初统治者主要的法制指导思想是“刑乱国用重典”。比如，朱元璋在写给他主要的谋士刘基的信中说“胡元以宽而失，朕收平中国，非猛不可”，并以为经过蒙古人的统治，汉族人民受到“胡俗”的污染，因此要革除“胡俗”，治理“旧习汙染之徒”(《诚意伯文集·皇帝手书》)。因此，他不惜采用一些历史上罕见的酷刑，并颁布形式独特的法规来矫治民风。刘基也认为“宋元以来，宽纵日久”，先应加强镇压，使得“纲纪振肃”,然后再可以施行“惠政”。明初朝廷普遍流行“杀运三十年”(《明史·刘基传》)的说法,这也是此种力图加强镇压之思想的反映。

明初社会并不是一个适合文艺繁荣的时代,却出现了《三国演义》这样奠定了历史演义类型小说模式的伟大作品。这是由于《三国演义》“讲史”的主题,切合出身社会底层的新朝统治者为自己披上“正统”罩袍的政治需求,也切合明初统治者总结历史经验的需求。

《三国演义》以一种“分久必合、合久必分”的历史循环论来解释史实,以淡淡的宿命论色彩的“天时”来偷换儒家强调的“天命靡常”(《诗经·大雅·文王》),以及“皇天无亲,惟德是辅”(《尚书·蔡仲之命》)的概念。“有德”“人和”的蜀汉刘氏政权、有“地利”的东吴政权都是被有实力的曹魏及后来的司马氏吞并,所谓的“天时”并不像“天命”那样辅助有德的君主,“一治一乱”的循环总是眷顾有实力的统治者。这大概是作者目睹元末混战结局,有感而发,而这样的观念对后世读者理解历史现象产生了深远的影响。

《三国演义》描写的是一个战乱的年代,战略与战术的“兵法”和战场纪律的“军法”是这部小说里提及最多的“法”。对于以法制来维护社会秩序的情节,小说只是重复了《三国志》史书里的内容,说诸葛亮在蜀实行“严法”,以纠正刘璋昏庸统治的流弊,此外并没有多着笔墨。而对于读者来说,这部小说给人最深刻的印象,则是权谋的力量。权谋可以超越规则,权谋可以保证成功,而成功就能够创立自己需要的规则。因此,民间古语云:“少不读《西厢》,老不读《三国》。”这一说法,便已提示了《三国演义》对于人生态度的这种负面影响。

1. 结义的力量

刘关张三结义

《三国演义》第一回就是“宴桃园豪杰三结义　斩黄巾英雄首立功”，描写刘备、关羽、张飞三人结拜为兄弟，开始在东汉末年的战乱中崭露头角。

小说是这样描写三人的结拜的：刘备、张飞、关羽为了响应朝廷招兵平乱的号召，聚集到一起。由张飞提议：“吾庄后有一桃园，花开正盛；明日当于园中祭告天地，我三人结为兄弟，协力同心，然后可图大事。”刘备和关羽都说：“如此甚好。”

于是到了次日，三人在张飞庄后的桃园里，“备下乌牛白马祭礼等项”。三人焚香再拜，一齐发誓：“念刘备、关羽、张飞,虽然异姓,既结为兄弟,则同心协力,救困扶危;上报国家,下安黎庶。不求同年同月同日生,只愿同年同月同日死。皇天后土,实鉴此心,背义忘恩,天人共戮!”发誓后,三人按照年纪,以刘备为大哥,关羽次之,张飞为弟,然后祭祀天地。

正史《三国志》里对于刘、关、张三人的记载并没有结拜这一说。只是在《关羽传》里提到:关羽和张飞是在刘备起兵时从外地投奔来的,后来成为刘备武装力量的主要将领。在刘备第一次获得自己的地盘、担任“平原相”时,以关羽、张飞为“别部司马”,分别统领军队。不过《三国志》确实记载,三人的关系非常亲密,“先主(刘备)与二人(关羽、张飞)寝则同床,恩若兄弟”。而且这样的亲密关系是公开的,在有很多人的场合,大家都坐着的时候,关羽和张飞还是“侍立终日”。

比拟血缘的纽带

作者以这三个没有血缘关系的异姓兄弟的情谊作为整部小说的一条主线。这样一来,就使草根读者很容易认同这个关系,并且会关注这个关系的命运。

血缘关系是人类最基本、最稳定的社会关系。西谚有云:“血浓于水”;中国传统文化则更进一步,强调的是可以通过“结拜”来把“清水”的人际关系变成“浓血”的亲缘关系。当人们结成其他的社会关系时,可以通过拟制血缘关系来强调这一关系的紧密与神圣性质。同辈的亲密关系是“朋友”,若要比朋友更进一步,就可以拟制成兄弟关系。儒家经典对此有专门的论述:《论语·颜渊》中,孔夫子的学生司马牛很忧虑地说,别人都有兄弟,就是我没有!另一个学生子夏安慰他,我听说“死生有命,富贵在天”。君子自尊而防止过错,对待别人恭敬而有礼貌,这样就“四海之内,皆兄弟也”。君子还担心什么没有兄弟呢?这段话表明,朋友的最高境界就是拟制的兄弟关系。

在其他的儒家经典里也强调朋友关系与兄弟关系的相通。《礼记·曲礼上》提出的所谓“复仇三大原则”:“父之仇弗与共戴天,兄弟之仇不反兵,交游之仇不同国。”父兄之仇是血族之仇,几乎绝大多数古代文明都是允许为此复仇的;而儒家认为见了朋友的仇人也应杀之,至少把仇人赶出本国为止,这是作为朋友的义务。

儒家的这些观点很可能是当时刚从血缘氏族脱胎而来的社会现实的反映。春秋战国时期为友复仇的故事,史不绝书。最著名者,如荆轲刺杀秦王失败,被秦王杀死,荆轲的朋友高渐离为友复仇,在被秦王刺瞎双眼后,仍然试图行刺秦王,在乐器“筑”中灌上铅,接近秦王时奋力一博。最后虽然没有能够成功,也把秦王吓得够呛。

“同仇敌忾”的威胁

在强调国家刑罚的法家看来,私人之间的复仇是影响统治秩序的大罪,要予以严惩。商鞅入秦,实践法家理论,秦国社会风气为之一变,“勇于公战,怯于私斗”。韩非指责当时社会上的“五蠹”之一,就是“立节操”而带剑的侠客,“侠以武犯禁”,替人复仇,破坏法制。秦汉的法律都禁止私人复仇,可是社会上复仇的风气并未完全消失。儒家学说进一步传播后,这些为朋友复仇的观念往往酿成重大案件。

东汉时汝南郡(治所为今河南上蔡)发生的替友复仇的大案就是最典型的代表。当地有个名叫郅郓的名士,他有个朋友董子张,父、叔都被当地的一个恶霸杀死,董子张自己又得了重病,卧床不起。郅郓前去探望,董子张已经说不出话了,只是望着郅郓流泪。郅郓说:“我知道你是为不能手刃仇人而难过。你健康时,我不能代你动手复仇,现在你将去世,我定会为你复仇。”郅郓派了自己的亲信伏击那个恶霸,砍下了恶霸的脑袋,送到董子张面前,董子张这才瞑目而亡。郅郓来到县衙自首,县令深深敬佩郅郓为友复仇的壮举,有意不出庭审案。郅郓就站在大堂上高声呼喊:“为友报仇,是我的私事;奉法不阿,是君的职责。我绝不逃走连累你!”他跑进牢房把自己关起来。县令光着脚从内室里冲出来,拿着一把刀威胁郅郓:“你要是不逃走的话,我马上就自杀!”郅郓这才离开。后来,这案件竟然不了了之。

这种为友复仇的行为被舆论赞扬,却和法律发生严重冲突,造成了执法的困难。三国两晋南北朝时期,各代采取的主要办法是严刑威吓,不许复仇,尤其是严厉禁止为友复仇的行为。魏文帝等甚至曾下令用族诛连坐的酷法来惩治私相复仇。北魏时则更是加重到连帮助复仇者的邻里也要处死。唐宋时期,就法律而言也同样严厉,为父兄复仇的案件,在实践中一般允许将案件上奏,由朝廷大臣讨论,并经过皇帝批准裁决,只是每次都作为个案处理,不得援引;为友复仇案件则一律按照杀人罪处罚,毫不宽贷。

祈求安全的网络

除禁止为友复仇外,历代法律对于刘关张这样的异姓结拜一直没有什么特别的规定。结拜的兄弟在法律上依然只是独立的个人,不发生真正的血缘兄弟那种连带法律后果的关系。

但对于民间来说,结拜异姓兄弟是缔结并扩大社会关系、进行社会活动的重要环节。由于社会经济长期处在自然经济格局,商品交换概念还没有普及深入到社会的各个层面。人际关系上强调的是当事人之间特定的相对关系,虽然有"亲兄弟,明算帐"的谚语,但是,跟亲兄弟之间、跟乡党友人之间、跟素昧平生的陌路人之间的交易,肯定是有所不同的。"美不美,乡中水;亲不亲,故乡人"之类的俗谚就表达了对于人际关系认同感的基础,而"视同路人"之说又表明对待"路人"和"亲人"应该是不一样的。因此,要遂行社会活动,最重要的是将"路人"变成"亲人"。

从事社会活动总需要防范风险,古代社会最现成的防范方式就是依靠亲属宗族关系。如果血缘宗族关系还不够,就要利用拟制亲属宗族关系的结拜,以及依靠结拜进一步联合成"会社"关系,这些都可被视为连带担保关系的扩大。美国记者埃德加·斯诺的第一任夫人海伦·福斯特(笔名尼姆·韦尔斯)在她的回忆录《旅华岁月》中有言,直到20世纪,"全中国都存在同样严密的担保系统"。虽然在这位受到近代西方人文精神熏陶的观察家看来,这是"非常令人气闷"的,"但是中国人却喜欢这种状况,因为对他们来说,这就意味着他们从生到死都保险了"。

从更极端的方面来说,每当发生社会动乱时,民众需要自行组织救助,或者是“举大事”反抗,由于不存在其他的社会组织形式,很自然地就会模仿刘关张“桃园结义”来形成有组织的力量。比如,《水浒传》里的梁山好汉就结成了不能同生、但愿同死的兄弟。这是《三国演义》这一主线得到广泛认同并受到读者欢迎的重要原因。

统治者的恐慌

民间这种非官方的组织形式,对于统治者来说,往往就是严重的挑战。到了清朝,统治者为了防止民间利用这种盛行的异姓结拜来反对自己的统治,开始制定严厉的法律,对这类社会现象予以全面禁止。

清朝康熙初年,朝廷就制定了专门条例,规定凡是异姓人在结拜兄弟时有“歃血、定盟、焚表”这类宗教性质行为的,就要“照谋叛未行律”,首犯“绞监候”(判处绞刑,但是要监禁至秋季,由朝廷最高级长官最后会审来决定是否确得执行绞刑),从犯减一等为流三千里。如果是“聚众至二十人以上”,首犯“绞立决”(判处绞刑并立即执行),从犯“发云、贵、两广极边烟瘴充军”。对于普通结拜弟兄的,只要“聚众至四十人以上”,首犯也是“绞监候”;二十人以上不满四十人的,首犯“杖一百、流三千里”;不及二十人的,首犯杖一百、枷号两个月，从犯减一等。

显然这条条例的首要重点是防止“聚众”，唯恐民间组织起较大的、足以对抗官府的力量，从而千方百计地试图扑灭这种可能性。

这条条例后来几经修订补充，一直保留到了清朝末年。后来还曾补充了一条条例，规定对于民间“不逞之徒”歃血订盟，并联系了“土豪、市棍、衙役、兵丁”，“彼倡此应，为害良民”的，地方官如果在接获报告后没有及时采取行动，就要将“地方文武各官”革职，从重治罪。

在结拜的一切社会条件依然存在的情况下，想要依靠一纸法律来禁止结拜活动，当然是很荒唐的。清代条例的严禁，只不过把结拜活动引向了地下，使之成为社会非主流群体的活动方式。

清代社会一直存在这种地下帮派，实际上其中的绝大多数只是老百姓为了经济、社会救济等目的而组成的互助组织。因为法律已经严禁在先，所以正统官方舆论总是一边倒地倾向于把这些组织都形容为出于某种非法目的的“黑社会”。后来的革命党人也确实大量参与地下帮派，这类组织成为推翻清朝统治的重要力量。在其影响下，民国时期出现了大量武侠小说，把这些帮派都归结为以反清复明为宗旨的政治性组织。

2. 头发的奥秘

曹操“割发代首”的表演

《三国演义》第十七回“袁公路大起七军　曹孟德会合三将”里有一段很有名的故事，说的是建安三年（公元198年）曹操亲自率领大军去讨伐张绣：

> 行军之次，见一路麦已熟；民因兵至，逃避在外，不敢刈麦。操使人远近遍谕村人父老，及各处守境官吏曰：“吾奉天子明诏，出兵讨逆，与民除害。方今麦熟之时，不得已而起兵，大小将校，凡过麦田，但有践踏者，并皆斩首。军法甚严，尔民勿得惊疑。”百姓闻谕，无不欢喜称颂，望尘遮道而拜。官军经过麦田，皆下马以手扶麦，递

相传送而过,并不敢践踏。操乘马正行,忽田中惊起一鸠。那马眼生,窜入麦中,践坏了一大块麦田。操随呼行军主簿,拟议自己践麦之罪。主簿曰:“丞相岂可议罪?”操曰:“吾自制法,吾自犯之,何以服众?”即掣所佩之剑欲自刎。众急救住。郭嘉曰:“古者《春秋》之义:法不加于尊。丞相总统大军,岂可自戕?”操沉吟良久,乃曰:“既《春秋》有法不加于尊之义,吾姑免死。”乃以剑割自己之发,掷于地曰:“割发权代首。”使人以发传示三军曰:“丞相践麦,本当斩首号令,今割发以代。”于是三军悚然,无不懔遵军令。后人有诗论之曰:“十万貔貅十万心,一人号令众难禁。拔刀割发权为首,方见曹瞒诈术深。”

这段故事并不是《三国演义》的作者罗贯中杜撰的,而是源自正史《三国志》裴松之注所引的一段《曹瞒传》:

(曹操)常出军,行经麦中,令“士卒无败麦,犯者死”。骑士皆下马,付麦以相持。於是太祖马腾入麦中,敕主簿议罪,主簿对以《春秋》之义,罚不加於尊。太祖曰:“制法而自犯之,何以帅下?然孤为军帅,不可自杀,请自刑。”因援剑割发以置地……其酷虐变诈,皆此类也。

这段故事里,最大的诈术或许应该是那个“罚不加尊”的所谓《春秋》之义了。在汉代,儒家经典中最受重视的就是《春秋》,这本原来不过是鲁国纪年简史的书,被儒家门徒认为其中充满了孔夫子对于后世的启示,是最权威的经典。所以,大臣们议论政治问题、法官们处理疑难案件时,都会援引这本经典里的片言只字为依据,其效力远远高于法律。可是,仔细检索《春秋》以及它的三部解说大全《公羊传》《左传》《谷梁传》,不难发现,里面根本就找不到郭嘉所引用的那条经义。所以,很有可能是曹操和他的谋士郭嘉或者是那个主簿串通好了,演了这出戏来威慑全军。

至于“以发代首”,自然也是诈术。不过,从古代的法律来说,割去头发算是一种很重的法定刑——髡刑。由是观之,曹操也算是对自己施行了刑罚,这还是具有一定的真实性的,并非纯然的诈术。

头发的神秘力量

人类是没有体毛的“裸猿”,奇怪的是,人类的头上却长着浓密的头发。更奇怪的是,人类的头发会无休无止地增长,甚至可以长到与人的身体相等的长度。头发披散下来，就会影响到人类的视觉和动作。只有依靠定期的人为削剪或编束，才能防止头发影响生活。而人类所能看到的其他动物，任何部位的体毛都不会这样无休止地生长，最为夸张的公狮的鬃毛、野马的鬃毛，也不会长到影响视力和行动的程度。人类的这一生理特性，对于人类的意识自然也会产生影响，使人类形成对于头发的神秘观念。

我们今天只是把头发简单地看成一个经常需要打理的身体部位，可以当作自己的时尚装饰。可是在古代世界，情况则全然不同——很多民族都把头发视为具有神圣意义的器官，头发甚至被认为是一个人全身力量的来源。

比如在犹太人的《旧约全书・士师记》中，就记载了以色列的英雄大力士参孙的悲剧故事：他被神赐予了力量，但与神有个约定，即终其一生，不可以剪去他的头发。后来参孙爱上了以色列的敌人非利士人中的一位女子大利拉，可是大利拉却忠于非利士人，不断追问参孙的力量来源。最后，参孙把他的秘密说了出来："我的头发是我与神立约的凭据，人若剪掉我的头发，我的强壮力气就会消失。"结果，有一天，大利拉趁参孙熟睡时，将参孙的头发剃掉，并把他交给了非利士人的首领。等参孙醒来时，发现自己的力气已经完全失去了。非利士人剜了他的眼睛,用铜链拘索他,要他在监狱里推磨。“可怜的参孙,因为不听神的话,从一个勇猛的大力士变成了一个任人欺侮的瞎子。”

我们华夏民族的祖先,将头发视为从先人传下的血脉象征,和身体其他器官一样,属于家族血脉的禁忌,不得遭到破坏。无论男女,在剃除了胎发后,再长出的头发都必须保留,这在儒家的经典《孝经》里有专门强调:“身体发肤,受之父母,不敢毁伤。孝之始也。”也就是说,保持头发和皮肤的完整,是最基本的孝道的要求。所以,古代七八岁的男孩需要将额发编成左右两个小髻,号为“总角”。十六七岁的男孩要将头发尽量往后梳理,用束发带固定,为“披发”少年。古代男子二十岁为成年,成年的标志就是将头发在头顶附近盘成一个发髻,在发髻处戴上起保护作用的“冠”,这就是号为“冠礼”的成年仪式。

中原以北的游牧民族也将头发视为神圣的器官,也要终身蓄发,不得轻易破坏,更不能剃光头。只是由于游牧民族在马上颠簸或者是疾驶时,额发很容易垂掉下来遮挡视线,这对于放牧或捕猎都是严重的问题。因此,很多民族就流行将脑袋前部的头发剃除,后部的头发则全部编束为一根辫子,垂在脑后,不至于妨碍骑马行动。正因如此,东晋、南朝的汉族人将有这样蓄发传统的北方鲜卑人称为“索头”或者“索虏”。后来的女真(满)族也保留了这样的习惯。

保护以及刑罚的对象

一个国家的法律当然是这个国家文化价值最坚固的保障体系,同样,一个国家法律中的刑罚也总是针对这个国家所推崇的价值观念。由于古代普遍迷信头发的象征性意义,因此人们头发的完整性既被法律严格保护,又在人们犯罪的时候成为刑罚的重要对象。

据湖北云梦秦墓出土的竹简,在秦国法律里,拔掉人的胡须、眉毛,或者是用剑割掉人发髻的,都要判处“完城旦”(保留罪犯的头发、胡须,罚做筑城苦役)的刑罚;咬断人鼻子、耳朵或者手指的,处以“耐”,即剃光罪犯的胡须、鬓发。显然,立法者将破坏他人头发视为比咬断鼻子、耳朵、手指更为严重的犯罪。

汉文帝十三年(公元前 167 年)宣布废除肉刑时,将原来对罪犯进行毁容的“黥”改为“髡钳城旦舂五年”(所谓髡钳,是指剃光头发、胡须,脖子上戴一个铁钳)。后来曹操的孙子在太和三年(公元 229 年)公布曹魏自己的《新律》时,就是把“髡刑”作为所有苦役刑罚的总称,即凡是苦役罪犯都一律要剃光头作为惩罚。而且在曹魏的刑罚体系中,这个髡刑是仅次于死刑的重刑。司马炎正式建立晋朝后,于公元268年颁布的晋律《泰始律》中也沿袭了这一刑罚体系,将髡刑排在第二重刑的位置。

到了唐代,《唐律疏议》仍然强调了对于头发的重点保护,比如规定凡是“挽鬓撮发”(拉扯鬓发和头发)就要作为殴打处理,处笞四十(责打臀腿四十下);如果是拔掉了人一寸见方的头发,就要按照“伤人”罪处理,处杖六十(责打背臀腿六十下);拔掉超过一寸见方的头发,要处杖八十;如果是把人的头发拔、割,致使无法再梳成发髻的,就要判处徒刑一年半。不过剃发本身没有作为一项刑罚,可见当时社会上的人们对于头发的迷信已经没有秦汉时期那般严重了。

以后的朝代基本沿袭了唐律的规定,但进一步减轻了对于伤害头发罪行的处罚。比如《大明律》规定,拔人头发一寸见方以上的,处笞五十;如果是把人的头发拔、割至无法梳成发髻的,就跟折断人两颗牙齿或两根手指一般处罚,要“杖六十徒一年”。同样,明代也不再把剃发本身作为一种刑罚。

因此在《三国演义》撰写的那个时代,普通人已经不了解剃发本身曾是一种刑罚,所以罗贯中将这个故事的情节改动为“割发代首”,把割发当作了最重要的诈术。其实,在《曹瞒传》里,是明白地写为“自刑”,即自己对自己施加刑罚的意思。这是在不同文化背景下解读资料时发生的误差,也体现了小说作者努力将曹操描写为反面角色的写作意图。

3. 令人生疑的“坑”

战场上的“坑杀”

人人都知道秦始皇“焚书坑儒”。在很多现代人创作的历史题材画作、雕塑上，尤其是一些仿古的景点里，都是将“坑儒”表现为将儒生活埋的景象。

可是仔细读一下《三国演义》，就会发现，秦始皇并不具有这个“坑”的独占权，而且“坑”好像与活埋也没有什么关系。

比如第三十二回“夺冀州袁尚争锋　决漳河许攸献计”。曹操率军进攻袁绍的两个儿子袁谭和袁尚时，这两个人还在自相争斗不已。袁谭被曹操打败，困守根据地黎阳，不得不向弟弟袁尚求救。想不到袁尚与手下谋士一商量，“只发兵五千余人相助”。曹操探知救军已到，派遣乐进、李典引兵于半路伏击，“两头围住尽杀之”。而“袁谭知(袁)尚止拨兵五千，又被半路坑杀，大怒，乃唤逄纪责骂”。袁尚的援军明明是在作战中被杀的，怎么后来又有一个“坑杀”的说法？

另外一个把作战杀死敌军称为“坑”的事例出现在第一百十四回“曹髦驱车死南阙　姜维弃粮胜魏兵”。魏将王瓘带了五千士兵诈降，蜀将姜维打算将计就计，先将王瓘的部队分为两队，要王瓘带三千人去运输军粮。想不到王瓘在焚烧军粮、接应魏军后，居然舍命杀入汉中而去，并焚烧栈道、关隘。姜维恐汉中有失，只得停止攻击魏军主将邓艾，“提兵连夜抄小路来追杀王瓘”。王瓘被蜀兵围攻，战败投江而死，“余兵尽被姜维坑之”。

如战国时代的白起那样“坑杀”战俘的故事，在《三国演义》中也有。第一百十二回“救寿春于诠死节　取长城伯约鏖兵”，司马昭率军镇压起兵造反的诸葛诞，攻进寿春，俘虏了一批前来接应的东吴士兵。司马昭的谋士裴秀建议：“吴兵老小，尽在东南江、淮之地，今若留之，久必为变。不如坑之。”可是另一个谋士钟会反对：“不然。古之用兵者，全国为上，戮其元恶而已。若尽坑之，是不仁也。不如放归江南，以显中国之宽大。”司马昭赞同钟会意见，“此妙论也”。于是把东吴兵都放归本国。

从《三国演义》来看,至少可以知道,“坑”并非活埋。比如第一百十九回“假投降巧计成虚话　再受禅依样画葫芦”,钟会在灭蜀后与姜维合谋打算起兵反对司马氏,逼迫部将签字反对司马氏,然后将部将围困在蜀国的宫殿里。姜维建议说:“我见诸将不服,请坑之。”钟会说:“吾已令宫中掘一坑,置大棒数千;如不从者,打死坑之。”

史书里的“坑”与“京观”

转过去读一下西晋人陈寿写的史书《三国志》,可以发现,这些“坑”的记载是从《三国志》里搬过来的,而且《三国志》提到的“坑”可比小说要多很多。

比如《袁绍传》里说,建安五年(公元200年),曹操率军在官渡大战中打败了袁绍,袁绍的部分军队倒戈,部分军队“伪降”,曹操下令“尽坑之”。注解《三国志》的裴松之引张璠的《汉纪》:“杀(袁)绍卒凡八万人。”可是裴松之自己并不相信这个数据。他在《魏武帝纪》里加了一个按语,说很多书都宣称曹操以八千兵力打败袁绍,并“坑绍众八万,或云七万”。他认为曹操的军队不止八千。“夫八万人奔散,非八千人所能缚,而绍之大众皆拱手就戮,何缘力能制之?”

又如《曹仁传》提到，曹仁跟随曹操攻打河北的壶关，曹操因为初战不利，宣布："城拔，皆坑之。"可是攻城"连月不下"。曹仁建议："围城必示之活门，所以开其生路也。今公告之必死，将人自为守。且城固而粮多，攻之则士卒伤，守之则引日久；今顿兵坚城之下，以攻必死之虏，非良计也。"曹操接受了他的意见，改行招降，壶关守军果然投降。

从《三国志》的记载来看，有些"坑"明显不是活埋。比如《荀彧传》有一段裴松之的注解引用《曹瞒传》，说洛阳人民因为遭董卓之乱，大批向东逃亡，暂居彭城一带。曹操军队开来，"坑杀男女数万口於泗水，水为不流"。这里的"坑"分明是将尸体扔进泗水，由于尸体堆积，导致壅塞河流。

《三国演义》没有提到的另外一个细节，是一种叫"京观"的战争习惯。比如《三少帝纪》记载，甘露三年（公元 258 年），由于司马昭镇压了诸葛诞，魏帝高贵乡公曹髦特意下诏："古者克敌，收其尸以为京观，所以惩昏逆而章武功也。"他接着又说，现在大将军司马昭在丘头这个地方扎营，应该将此地改名为"武丘"，代表将敌人尸体筑成的"京观"。《邓艾传》也说，邓艾偷袭阴平得手，一举灭蜀，此后也在"绵竹筑台以为京观，用彰战功"。

收敌尸为京观

正如上述魏帝诏书提到的那样,“古者克敌,收其尸以为京观”,这是中国古代一项战争习惯。战胜的一方将战败一方阵亡者的尸体堆积在战场上,覆上一层薄土遮盖,形成一个个大金字塔形的土堆,号为“京观”或“武军”,用以夸耀武功。

中国传统文化重视人死后应该“入土为安”,这样亡灵才能得到安息。而对付战场上的敌人,正好相反,不仅要剥夺他们的生命,还要将他们的尸体堆积在平地上,任风吹雨淋、狼啃鹰啄,让他们的亡灵永世不得安宁,也让敌国人民见到这样严厉的永久性惩罚后,不敢再萌生对抗的念头。

“京观”惯例的起源已经难以考证,但至少是在春秋时期,部分君王以及以儒家为代表的很多有识之士对这一战争惯例提出了猛烈的批评,最著名的是《左传·宣公十二年》记载的楚庄王的评论。

楚庄王十七年、鲁宣公十二年(公元前597年),楚国军队在邲(今河南武陟东南)战胜晋军,这是一个空前的大胜仗。楚国的大臣潘党建议将晋军阵亡者的尸体堆筑为“京观”:“我听说打败敌军后,要留下纪念物给子孙,使他们不忘武功。”楚庄王却说:“武这个字的意思就是要‘止戈’,力求不再使用兵器。国家用武是为了禁暴、戢兵、保大、定功、安民、和众、丰财,做到了这七件才可以使子孙不要忘记武功。现在我让两国子弟暴尸野外,是残暴;出动军队威吓诸侯,未能戢兵;暴而不戢,也不能保大;晋国仍然存在,也不算有功;这场战争违背民众意愿,不能说安民;自己无德还和诸侯征战,何以和众?让别国混乱以为自己的荣耀,也不丰财。七项武德我一项都没有,怎么能够让子孙纪念?而且古代圣王是讨伐不敬者,将罪大恶极者筑为京观,是用这种最重的惩罚来警告恶人。这场战役中的阵亡者都是为了自己的国君尽忠,怎么能够将他们筑为京观?"于是楚庄王下令将晋军阵亡者妥善埋葬。

从以上这段《左传》的记载来看,当时都习惯将战败一方阵亡者筑为京观,而楚庄王另行解释了筑京观的意义。《左传》的作者显然是赞同楚庄王的说法,因此,《左传》所提到的战争,都有意略去所有有关京观的记载,并以楚庄王的这段话来批判将普通阵亡者尸体修筑为京观的行为。

坑与京观

司马迁写《史记》也继承了《左传》的纪事传统,认为战争中的阵亡者都是各为其主,并没有罪过,不应该被修筑为京观。秦军在长平大战中战胜赵军,秦军统帅白起无法处理多达数十万的战俘,索性将战俘全部屠杀,并将尸体堆积为京观。司马迁特意用“阬”来表示这件事,“阬”字的原义是高大的阙(大道两边的防御工事),而“观”与“阙”相通。“京观”的“京”是高大的意思,所以“阬”与“京观”实际上是一个意思。而“阬”与“坑”又可借用,也往往写作“坑”。尤其后来班固编纂《汉书》时,将“阬”都改为了“坑”。

在《史记》中“阬”的记载有好几件。秦始皇在秦军攻下他少年时曾居住过的邯郸后,就下令将曾经欺侮过他母亲家的邻居全部“阬杀”。又“阬”四百六十多个对他有怨言的儒生。后来项羽也曾“阬杀”襄城守军,“阬杀”新安的二十多万秦军战俘。

后世的史籍一直都保留这个传统。比如《汉书》记载,王莽篡汉时,将反对他的刘信、翟义、赵明、霍鸿等人及其亲属全部“坑杀”,但该书所载的王莽关于诛杀这些人的诏书中,明明白白地写着是要将这些人的尸体堆土,筑为“方六丈,高六尺”的京观,上面再树六尺高的牌子,写上“反虏逆贼鲸鲵”。可见“坑”或京观、武军实际是一回事,都是指将尸体堆积封土。只不过史学家认为,合乎楚庄王所言的惩治罪大恶极者标准而将敌军尸体堆积封土的,就称为“京观”,而根本是滥杀无辜或者是屠杀战俘后将尸体堆积封土的,就称为“坑”。

见于史籍的这种“京观”记载不胜枚举。比如公元418年夏国进攻关中地区,将东晋军队阵亡士兵的首级堆积为京观,号“骷髅台”。隋炀帝征高丽失败,高丽国将隋军阵亡者尸体筑为京观;后来唐太宗贞观五年(公元631年)派遣使者到高丽交涉,要求拆毁京观,收拾隋军骸骨,祭而葬之。公元784年,军阀李希烈叛军进攻蕲春,被李皋打败,“斩首万级,封尸为京观”。公元936年辽国帮助军阀石敬瑭消灭后晋政权,将后晋皇室成员以及晋军将士尸体都堆在汾河岸边,“以为京观”。公元986年辽军在莫州打败宋军,将宋军尸体筑京观。公元1410年,明朝大将张辅进攻安南,击败安南军队,杀死二千多名战俘,“筑京观”。

有关“坑”的记载就更是史不绝书,几乎每个朝代都有。《晋书·载记》所记载的十六国大乱时期,有关“坑”的事例不下几十起。如公元310年石勒攻晋冠军将军梁巨于武德,“坑降卒万余”。公元317年前赵刘聪镇压平阳贵族,“坑士众万五千余人,平阳街巷为之空”。公元320年石虎击败前赵刘曜,“坑士卒一万六千”。公元321年石勒“坑”晋军曹嶷部降卒三万人。公元349年石虎死后,几个儿子争夺帝位,小儿子石冲战败,“坑其士卒三万余人”。还有大量将战败方战俘

“尽坑之”的记载。公元401年后秦政权长期围攻后凉吕隆占据的姑臧城(今甘肃武威),城内缺粮,但吕隆不准百姓出城,将企图逃出城的百姓“尽坑之,于是积尸盈于衢路”,将被害者的尸体堆积在路口,用于吓唬百姓。唐太宗征高丽时,“收靺鞨三千三百,尽坑之”。北宋田况镇压保州反叛士兵,先是招降,然后“坑其构逆者四百二十九人”,得到朝廷赞赏。但是《宋史·田况传》的评论认为,田况就是因为坑杀降卒,导致“无后”。《明史》记载明初功臣常遇春坑杀敌军俘虏,徐达阻止不及,以后常遇春的统帅地位便被徐达取代。

历史上这些“京观”和“坑”的遗址,在唐代经过了一次大清理。司马光在《资治通鉴》中特意记载了唐太宗贞观五年(公元631年)二月的一条诏令:“诸州有京观处,无问新旧,宜悉划削,加土为坟,掩蔽枯朽,勿令暴露。”即下令各地政府平毁历史上遗留下来的这种大尸堆。自唐以后,这样的战争习惯逐渐消失。随着社会的进步,“坑”或者“京观”的战争习惯在《三国演义》流行的时代已经比较少见。到了清朝,就不再有这样的事例了。因此,清朝人讲到“坑”,往往以为就是活埋。

4. 无情的“军令状”

马谡自立“军令状”

《三国演义》里有很多立“军令状”的情节。比如第五回关羽温酒斩华雄的故事里，就有关羽以脑袋为担保上阵的情节。第四十六回诸葛亮草船借箭的故事里，诸葛亮也是预先立下了军令状。当然，最著名的还是第九十五回“马谡拒谏失街亭　武侯弹琴退仲达”中对马谡立下“军令状”的描写：

孔明大惊曰：“孟达做事不密，死固当然。今司马懿出关，必取街亭，断吾咽喉之路。”便问：“谁敢引兵去守街亭？”言未毕，参军马谡曰：“某愿往。”孔明曰：“街亭虽小，干系甚重：倘街亭有失，吾大军皆休矣。汝虽深通谋略,此地奈无城郭,又无险阻,守之极难。”谡曰:“某自幼熟读兵书,颇知兵法。岂一街亭不能守耶?”孔明曰:“司马懿非等闲之辈;更有先锋张郃,乃魏之名将:恐汝不能敌之。”谡曰:“休道司马懿、张郃,便是曹睿亲来,有何惧哉!若有差失,乞斩全家。”孔明曰:“军中无戏言。”谡曰:“愿立军令状。”孔明从之,谡遂写了军令状呈上。

在小说的下一回就写到了这“军令状”的无情与严峻:

孔明喝退(王平),又唤马谡入帐。谡自缚跪于帐前。孔明变色曰:“汝自幼饱读兵书,熟谙战法。吾累次丁宁告戒:街亭是吾根本。汝以全家之命,领此重任。汝若早听王平之言,岂有此祸?今败军折将,失地陷城,皆汝之过也!若不明正军律,何以服众?汝今犯法,休得怨吾。汝死之后,汝之家小,吾按月给与禄粮,汝不必挂心。”叱左右推出斩之。谡泣曰:“丞相视某如子,某以丞相为父。某之死罪,实已难逃;愿丞相思舜帝殛鲧用禹之义,某虽死亦无恨于九泉!”言讫大哭。孔明挥泪曰:“吾与汝义同兄弟,汝之子即吾之子也,不必多嘱。”左右推出马谡于辕门之外,将斩。

后人有诗曰:“失守街亭罪不轻,堪嗟马谡枉谈兵。辕门斩首严军法,拭泪犹思先帝明。”

“军法从事”

像马谡这样以自己的身家性命作为军事行动成败担保的情况是历史真实的情况吗?历史上真有这样的“军令状”吗?

回答是肯定的。中国古代的“军法”是独立于正常法典之外的法律体系,其中确实大量适用死刑,以至于习惯上“军法从事”就是有违必死的同义词。不用特意去立一个军令状,军事行动本身就有明确的奖惩法则。

记载夏、商、周三代历史的儒家经典《尚书》中,夏朝第一个国王启在甘作战时的誓词《甘誓》、商朝第一代国王成汤的《汤誓》、西周第一代国王周武王的《牧誓》,几乎都规定战场上作战不努力、“不用命”的将士要在祭祀土地神的“社坛”被公开处死,还要连带处罚其家属。而据其他的史籍记载,春秋时期,战场上的逃兵和作战不努力者被处死后,尸体还不得葬入家族墓地,这在当时或许是比死刑本身更重的处罚。

春秋战国时期军法资料最为详尽的是兵家著作《尉缭子》。该书公开宣传使用重刑来维持战场以及军队纪律:“善用兵者,能杀士卒之半,其次杀其十三,其下杀其十一。能杀其半者,威加海内;杀其十三者,力加诸侯;杀其十一者,令行士卒。”也就是说,至少要能够杀掉百分之十的士兵,才能使军队纪律严明,令行禁止。首先,是要立法禁止逃亡;其次,是要使士兵“什伍相联”,互相保证,有罪连坐;最后,要使将领能够立威,有处罚士兵的全权,每一级军官都有处死其下级的权力。《勒卒令》篇说,军阵中以金、鼓、铎、旗为指挥信号,听到擂鼓声就应前进,重重的擂鼓声就表示要发起冲锋,与敌军交战;听到鸣金声应该停止,而重重的鸣金就表示要后退;听到铎声就要注意指挥官的口头命令;看军旗的方向前进,旗左即左,旗右即右。如果不听这些信号指挥,就要处死刑;在阵中喧哗的,也要处死刑。其他篇目说作战中每一编制单位如果仅有伤亡而无战功的,说明作战不努力,士兵要全部处死。每一编制单位指挥官伤亡而没有毙、伤、俘对方同级军官的,全部士兵处死,并连坐家属。而如果主将战死,部下带五百兵以上的军官都要处死,卫队也全部处死,士兵有战功的降级,无战功的罚戍边三年。带领千人以上的军官弃城投降或临阵脱逃的,为“国贼”,本人处死、暴尸示众,其家属没入官府为奴隶,并发掘其祖坟;带领百人以上的军官有这样行为的,是“军贼”,同样要处死、抄家。

《尉缭子》的说法在春秋战国时期具有普遍性。著名的

《孙子兵法》虽然没有正面触及军法问题，但也强调“兵置于死地而后生”，表现出对于士兵生命的冷酷态度。另一部《孙膑兵法》也有一篇叫《杀士》，其内容虽已亡佚，不过其标题与《尉缭子》说法相近。这些兵家著作所言之军法，或许和当时的实际情况相差不是很大。

置于死地而后生

湖北云梦出土的秦国《军爵律》规定，一个作战小组（“伍”）中有一个士兵逃亡的，其余四人都要受罚两年的劳役（如有战功，斩敌一个首级，可以免罪）。这种连坐之法，使全体士兵出于自身安全考虑而互相监视，被认为是维持军纪的有效手段，在当时各国军队中普遍实行。

从存世至今的一些汉代军法来看，其仍然保留春秋战国以来的传统。比如“乏军兴”（提供出征军用物资有短少）是当时最重的罪名之一，要处以“腰斩”。而未得到皇帝发出的兵符就调动军队的，也是斩罪。大敌当前，指挥官没有及时出击，为“逗留不进”罪，也是死刑。著名的探险家张骞在回到国内后就曾因这个罪名而被判死刑，好在汉武帝允许他出钱财赎罪。另外一个重罪是战场投降敌人，本人要处死，家属要连坐。比如李陵投降后，其家属被全部处死。军队指挥官没有能够按照预定日期赶到战场为“失期”罪,也是处斩。“飞将军”李广在随大将军卫青出征匈奴时,因为向导带错路,迷失方向,“失期”而被逮捕;他不愿受军法官审讯的侮辱,情愿自杀。损失将士超过一定比例的指挥官为“亡士多”罪,也是死刑。虚报战功“盗增虏获”超过一定比例也是死罪。

历史上曹操是制定军法的著名立法者。他专门设立《军中令》(有若干条文保留在《通典》等书中),规定阵中喧哗者、不听旗鼓号令者都处斩。“伍中有不进者,伍长杀之;伍长不进,什长杀之;什长不进,都伯杀之。督战部曲将拔刃在后,察违令不进者斩之。”一支部队受敌而另一支部队不及时救援,也要斩。追击时不得单兵独骑,违者罚金四两。在战斗中收取战利品者也要斩。另外在军队中不得随便张弓弩,违者“鞭二百”。军营中不得屠宰牲畜买卖,违者没收,带队军官“杖五十”。部队出军营时应擂鼓、张旗帜,出营三里后卷起旗帜;回营时再擂鼓、张旗帜;若有违反,旗鼓手要“髡”(剃光头发、胡子)。

后世的军法都保持曹魏《军中令》的面貌。《唐律疏议》算是古代最为宽简的法典,其中有关军事的《擅兴律》仍然保留了相当多的死刑。擅自发兵千人以上为绞刑(十人以上徒一年,以上递加);“乏军兴”无论是故意还是过失,都要斩;出征军人稽留三日以上就是斩罪。像马谡这样未能“固守城池”的主将,明确规定为“斩”。作战时未派出斥候导致失败的,也是斩;临阵先退、抛弃武器、任意杀死投降者的,都是斩罪。

北宋《武经总要》载有七十二条北宋军法,也保持着春秋战国以来的一贯风格。比如:临战未等命令就冲入敌阵的要斩;在射程以外就发射弓弩的要斩;在命令射击时多射或少射、抛弃箭矢的要斩;箭矢已上弦还回头张望的要斩;在扎营后不从正门回营的要斩。部队如果在战场上丧失了本队的旗帜、鼓号,全部处斩(相较而言,古代罗马军队在相同情况下实行所谓“什一法”,即士兵报数后,逢十抽一处斩;同时撤消该部队番号,剩余士兵分散编入其他部队。这已被认为是罗马最严酷的军法)。

明清时期朝廷颁布的法典都有专门的“军律”或“兵律”篇目,基本仍然继承这些传统,不过有些罪名的处罚略有减轻。“失误军事”,处杖一百,但“失误军机”就要处死刑。将领“激变良民”,或“失陷城池”,都要处斩。比如公元1409年,率大军征伐蒙古本雅失里部落的明朝大将军邱福兵败于胪朐河,全军覆没。邱福跟随明成祖多年,在“靖难之役”中战功卓著,明成祖登上皇位后封其为靖难第一功臣,授中军都督府左都督,封为淇国公。可是,就因为此次战败,明成祖大怒,尽管邱福已战死,明成祖仍然下令剥夺其爵位,把他全家都流放到海南去了。

因此,纵观历史上的军法,像马谡这样没有能够完成预定军事任务的将领,实际上都是难逃一死的,并不需要专门立一个生死“军令状”。小说作者的描写主要着眼于情节的戏剧性,并非历史的真实。

5. “两国相争，不斩来使”？

倒霉的军使

在《三国演义》中，有不少杀死敌军使者的情节。比如第四十五回“三江口曹操折兵　群英会蒋干中计”中提到：

> 却说周瑜送了玄德，回至寨中……忽报曹操遣使送书至。瑜唤入。使者呈上书看时，封面上判云：“汉大丞相付周都督开拆。”瑜大怒，更不开看，将书扯碎，掷于地下，喝斩来使。肃曰：“两国相争，不斩来使。”瑜曰：“斩使以示威！”遂斩使者，将首级付从人持回。

第六十三回“诸葛亮痛哭庞统　张翼德义释严颜”里

提到:

> 那军士告说是张将军差来的,把张飞言语依直便说。严颜大怒,骂:"匹夫怎敢无礼!吾严将军岂降贼者乎!借你口说与张飞!"唤武士把军人割下耳鼻,却放回寨……飞指而恨曰:"若拿住你这老匹夫,我亲自食你肉!"

第七十九回"兄逼弟曹植赋诗　侄陷叔刘封伏法"里提到:

> 刘封览书大怒曰:"此贼误吾叔侄之义,又间吾父子之亲,使吾为不忠不孝之人也!"遂扯碎来书,斩其使。

可是小说也提到一句谚语"两国相争,不斩来使",而且诸葛亮替刘备出使东吴、法正代刘璋出使荆州、诸葛瑾为东吴出使蜀汉等著名故事,也说明在一般情况下,外交使节还是有一定人身保障的。以上这些杀死使者的情况,都应该是特例。

明清小说的惯用套话

翻阅一下明清小说就会发现，这句“两国相争，不斩来使”正是明清小说惯用的套话。

比如《西游记》第七十回“妖魔宝放烟沙火　悟空计盗紫金铃”里提到，孙悟空假扮下书的小妖，向妖王汇报，说是被国王痛打了三十腿棍，“幸亏那两班谋士道‘两家相争，不斩来使’，把我饶了”。

《水浒传》第六十九回“东平府误陷九纹龙　宋公明义释双枪将”，说梁山去向东平府借粮，守将董平听了大怒，要将下书的梁山好汉郁保四、王定六斩首，被程太守阻挡，说道：“不可！自古‘两国争战，不斩来使’。於礼不当。”

《封神演义》第九十五回“子牙暴纣王十罪”，提到周军杀了纣王使节殷破败，其子殷成秀哭而请战，骂曰：“大胆匹夫！‘两国相争，不斩来使。’吾父奉天子之命，通两国之好，反遭你这匹夫所害。杀父之仇，不共戴天！”

《喻世明言》第二十五卷“晏平仲二桃杀三士”，也有晏子力止杀使：“岂不闻‘两国战争，不斩来使’？他独自到这里，擒住斩之，邻国知道，万世笑端。”

明末清初的小说《辽海丹忠录》第三十二回“除民害立斩

叛将　抒丹心缚送孤山”,说马秀才为毛文龙设计,假意激怒毛文龙:“两国相争,不斩来使,我为元帅而来,岂得害我!”

列国交往的惯例

使节的人身安全受保护,是一项很古老的政治惯例。早在春秋时期,诸侯派出的外交使节的人身安全就被认为是不可侵犯的。最著名的事例是《左传》中记载的一场因为使节被杀而引起的战争。

公元前596年,楚国派申舟出使齐国。申舟行至半道,被宋国执政华元设伏击杀死。楚庄王为此“投袂而起”,出动大军包围了宋国国都整整九个月。宋国派出使者到晋国告急,晋国上一年刚被楚军打败,不敢冒与楚国全面冲突的危险出兵救援,只是派解扬为使者劝宋国坚守,不要投降。

解扬经过郑国时,被郑国抓起来交给了楚国。楚庄王亲自接见解扬,企图买通他,要他向宋军喊话,说晋军不会提供救援,以断绝宋军的希望。解扬起初不同意。经楚庄王几次威逼利诱,解扬才答应下来。可是当解扬来到了望城中的楼车上时,却大声疾呼,说晋国援军不日就到,请宋国无论如何要坚持下去。楚庄王大怒,解扬说:“我答应你的条件只是为了实现使命,现在使命实现了,请立刻处死我。”楚庄王无话可说,反而释放他回晋国。

长期围困而无战果,楚庄王打算退兵。可是,申舟的儿子申犀拦在车前斥问:“我父亲不惜生命以完成国王的使命,难道国王要食言了吗?”楚庄王无言以对。申犀建议在宋国建造住房、耕种土地,以示要长期占领宋国,这样一来,宋国就会屈服。

宋国见楚军不肯撤退,就派华元为使者来谈判。华元半夜里潜入楚军大营,劫持了楚军统帅子反,并告知后者:我的国君要我为使者来谈判,现在城内确实已是“易子而食,析骸以爨”,但是如果订立城下之盟,则情愿举国牺牲;贵军退到三十里外,我国唯命是听。子反就在睡床上保证能够做到。第二天,子反报告了楚庄王。随后,楚军退到三十里外,和宋国停战。双方保证不再互相欺瞒,而华元作为这项和约的人质,到楚国居住。

后世交战规则

在历史长河中,“两国交兵,不斩来使”确实是一项交战规则,但它并不是一项成文的公约,也不是国家的法律,只是发生冲突的各方出于长远利益的考虑而加以遵守的惯例。历史上最著名的战时两国使节以礼相见的故事,便是

“彭城相会”。

公元450年,南朝刘宋与北魏发生战争。刘宋发起北伐,先胜后败,战略据点彭城(今徐州)被包围。江夏王刘义恭率领军队死守彭城。北魏太武帝想一举打过长江,派出李孝伯为使节进彭城劝降。刘义恭派张畅为代表与李孝伯谈判。

张畅和李孝伯都是当时的“名士”,尽管处在极其残酷的战争环境,但他们在谈判中仍然文质彬彬、礼貌周全。

李孝伯携带了北魏太武帝赠送给刘义恭的骆驼、骡马,以及貂裘、葡萄酒等北方的土产食物,到了彭城的南门。城门还没有打开,张畅在城头与李孝伯打招呼。李孝伯带着嘲笑的口吻问道:“贵方为何匆匆忙忙地紧闭大门、高吊城桥?”张畅回答:“我们的国王考虑到魏主营垒未立,将士疲劳,十多万人拥挤在一起,有可能要踩踏成灾,因此暂且闭城。等待贵方休息士马,然后共治战场,选好日子交相游戏。”李孝伯说:“贵方何必夸耀自己有十万人马,我方良马逸足,如果云骑四集,足以相拒。”张畅回答:“我如果要夸耀,那就要说百万人马了。十万只是我们国王的常备军士。另外这座城里有数州士庶,足以组成营伍,我还没有提到呢。我本斗智,不斗马足。北方原来就是产马的地方,马匹众多并不值得夸耀!”李孝伯说:“不是这样的,守城,是贵方的长处;野战,却是我之所长。

我之恃马,犹如君之恃城耳。"

张畅打开城门,也不带随从,出城与李孝伯相会。李孝伯交代了带来的礼物,张畅也转交了刘义恭送给北魏太武帝的礼物:南方特产的螺杯、粽子。李孝伯又代表北魏太武帝索要酒和"博具"(娱乐用具)。张畅一面叫人去取,一面指责说:"刚才您所说的'向语二王',不是礼貌用语,而且'有诏'之言,那是贵方自己国内的称呼,怎么可以在这里使用?"李孝伯说:"'诏'和'语','朕'与'我',不都是同义词句吗?"张畅说:"如果是一般用词,确实可以通用,但在对谈当中,这样的用词贵贱有等。所以您所称'诏',非所敢闻。"李孝伯又说:"贵军统帅是人臣吗?"张畅说:"是呀。"李孝伯说:"邻国之君,为什么不能称诏于邻国之臣?"张畅回答:"您这说法不可闻于中华,况且我们统帅以国王之贵,还能以邻国之君来自称吗?"

一番带着机锋的寒暄过后,李孝伯将话题转到主题上,他向张畅说明了形势:"魏主的从弟永昌王,亲领精骑八万,驰骋淮南,贵方的寿春城长时间闭门自固,不敢相御。贵方大将刘康祖的脑袋,已经送进寿春。守将王玄谟只有很普通的能力。贵方派的将军如此任使,奔败众多。我军自入此境七百余里,贵方作为主人竟不能一相拒逆。邹山是个险阻之城,贵方守将崔邪利被我军前锋一压,就逃入洞穴,被我军将士倒拖出来,魏主赐其生命。贵方何必轻易又派出马文恭来守萧县,难道又想使他望风而逃?百姓也怨恨贵方,说平时只知道征赋征税,到了急难之时,不能拯救百姓。”张畅回答:“我们知道永昌王已过淮南。不过我们的王玄谟南土偏将,不谓为才,只是当个前锋。崔邪利也只是派去抚慰新收复地区的小将。魏主出动全国主力来对付,有什么可以夸耀的。王境人民,列居河畔,二国交兵,应当互相加以抚恤,而魏师入境,肆行残虐,事生意外,由彼无道。官不负民,民何怨人。”李孝伯说:“魏主如果不围彭城,直接渡江,当南饮江湖,只是解渴而已。”张畅说:“去留之事,那是贵方自己的打算。不过我想天道不会允许虏马饮得长江水。”

李孝伯言辞华美,张畅应答如流。这次谈判本身并没有什么实质性的结果,可双方的礼节及言辞,一直被后世誉为战场佳话。

斩来使表示绝不妥协

但是,在很多情况下,冲突的各方认为要和对方血战到底时,就会采取斩来使的办法来表示绝不妥协的态度。这在历史上也有着太多的事例。

比如南宋晚期,王坚守卫钓鱼城,为了表示绝不投降,将蒙古大汗蒙哥派来劝降的南宋降臣晋国宝处决于钓鱼城阅武场。这激怒了蒙哥,对钓鱼城发动了长期围攻,必欲灭之而后快。直到蒙哥死于钓鱼城下,蒙古方面各首领为争夺汗位而撤围。

又如元世祖忽必烈在平定朝鲜后,派遣礼部侍郎杜世忠、兵部侍郎何文著等人持国书出使日本。结果,日本执政的军阀、刚愎自用的北条时宗认为这是对他的侮辱,不仅不接受国书,反而将元使一行三十余人在镰仓龙口处斩。

再如明代嘉靖时期,蒙古俺答汗派遣使节石天爵、满受秃等至大同镇边堡,请求与明朝通商。明廷不审是非,盲目地将石天爵等斩于市。此事大大激怒了俺答汗,不待秋期,蒙古骑兵即由大同南下,一路烧杀抢掠,导致了重大边境危机。

综上所述,“两国交兵,不斩来使”只是一个没有强制性的习惯,不能当成一项具有普遍约束力的公约来认识。

二

《水浒传》

在中国古代的文学作品中,《水浒传》算得上是最“另类”的名著。这几乎是历史上唯一正面描写盗贼的作品,因此一直有着“诲盗”的恶名,曾经多次被朝廷明令禁毁。奇怪的是,朝廷的禁令总是不了了之,《水浒传》依然流行,不断被民间翻刻发行。

梁山好汉的故事在南宋人的笔记《大宋宣和遗事》中已有记载,到了元代被演义化,成为说书人的保留节目。元代的戏剧也有很多的水浒戏,如高文秀的《黑旋风双献功》、李文蔚的《同乐院燕青博鱼》、康进之的《梁山泊李逵负荆》、佚名的《争报恩三虎下山》《鲁智深喜赏黄花峪》等杂剧。是谁以及在什么时候将这些梁山故事整编为一部完整的小说,一直存在着不同的说法。不过,一般都认为这部造反主题的小说反映了元末农民大起义的历史背景,是在明朝中期才形成全书。

梁山好汉的事迹是从被逼无奈、奋起反抗官府开始,以最后接受招安、为朝廷出力荡平寇匪而告终。从法律文化的角度来阅读《水浒传》,可以体会到这部小说的主旨是宣扬一种“曲线忠君”道路:被社会环境“逼上梁山”的人们,可以“替天行道”,反抗贪官奸臣;当得到皇帝的宽赦后,直接效忠皇帝朝廷,也可以改换社会地位,博得自己的富贵荣华。

可是,梁山好汉们反抗官府的事迹往往是和杀害无辜、拦路抢劫、生吃人肉的事迹混同的。对于这些违法犯罪的行为,作者的意思很明显:应该老老实实遵守法律的只是普通的小民,而“英雄好汉”们则和高高在上的帝王将相一样,是可以脱离法律轨道的。只是帝王将相是生来就有这项特权,“英雄好汉”们的这种脱轨行为就要靠事后“皇恩大赦”或“招安”来追认而已。

在《水浒传》的明代版本中,揭露了文臣如蔡京、蔡九知府等的腐败,武臣如高俅、杨戬等的凶残,却没有揭露宦官弄权的情节。历史上执掌北宋西北地区军权近二十年的童贯是宦官,是宋徽宗朝六大奸臣(“六贼”)之一,可是《水浒传》里尽管有很长的篇幅讲述童贯统帅十万大军攻打梁山,也只是提及他的官衔“枢密使”,而不提他是个因皇帝宠信得以弄权的太监。这显然是在竭力避免得罪在明朝势力极大的宦官集团。

1. 排名末尾的好汉

地贼、地狗双星垫底

《水浒传》一百零八将，排名倒数第二的是“地贼星鼓上蚤时迁”，排最后的是“地狗星金毛犬段景住”。仔细想一下，这并非偶然，这两个末位英雄有一个共同的特点：在上梁山前都是窃贼，而且都为梁山惹上了一场大战乱。

时迁是在小说的第四十六回“病关索大闹翠屏山　拚命三火烧祝家店”出场的。作者对这位角色的介绍是：这人“姓时，名迁，祖贯是高唐州人氏。流落在此，则一地里做些飞檐走壁，跳篱骗马的勾当。曾在蓟州府里吃官司，却得杨雄救了他。人都叫他做‘鼓上蚤’。”而撞见杨雄、石秀野山杀人场面时，他本打算的是“在这山里掘些古坟，觅两分东西”。只因为偷听得两人想上梁山入伙,按捺不住,跳将出来,要求一起前往,“小人如今在此,只做得些偷鸡盗狗的勾当,几时是了”?可就在奔赴梁山的路上,为了给两位哥哥搞点下酒菜,偷了祝家庄酒店的报晓公鸡,还自称梁山好汉,引发梁山与祝家庄的空前大战。

段景住是在小说第六十回“公孙胜芒砀山降魔　晁天王曾头市中箭”出场的,自我介绍说因为自小“赤发黄须”,江湖上人称“金毛犬”。“祖贯是涿州人氏。平生只靠去北边地面盗马”,也就是说,他是一个职业盗马贼。这次是在北方“盗得一匹好马,雪练也似价白,浑身并无一根杂毛,头至尾,长一丈,蹄至脊,高八尺。那马又高又大,一日能行千里,北方有名,唤做‘照夜玉狮子马’”。原来是想进献给梁山头领,不料被凌州西南曾头市的“曾家五虎”夺走。同样,段景住也是自称梁山好汉,又被曾家人大肆侮辱。段景住逃到梁山。晁盖知情后勃然大怒,亲自带兵攻打曾头市,不料失利身亡。

这样的排位与描写手法,似乎反映出小说作者对于窃贼的鄙视。这在小说第四十七回“扑天雕双修生死书　宋公明一打祝家庄”中,体现得尤为明显。作者写道,杨雄、石秀上山后,渐渐说起时迁偷鸡的事情,“晁盖大怒,喝叫:‘孩儿们!将这两个与我斩讫报来!’”并宣称:“俺梁山泊好汉,自从火并王伦之后,便以忠义为主,全施仁德于民。一个个兄弟下山去,不曾折了锐气。新旧上山的兄弟们,各个都有豪杰的光彩。这厮两个把梁山泊好汉的名目去偷鸡吃,因此连累我等受辱。"所谓的"忠义为主,全施仁德于民"只是说说的幌子,应该是好汉们下山打劫场场不空,次次劫得财宝回山。看来,在晁盖等梁山好汉的心目中,明火执仗的抢劫杀人,倒要比乘人不备、暗中下手的窃贼行为高尚得多。

身怀绝技的"狗盗"与"神偷"

与《水浒传》不同,在其他很多传统文学作品中,窃贼并非是那么可鄙的形象,甚至很多文学作品中作为正面形象的主人公本身就是窃贼。

早在公元前3世纪的《战国策》一书里,已经提到了孟尝君养客三千,其中就有窃贼出身、惯于"狗盗"的门客。后来孟尝君被秦王扣留,全靠这"狗盗"门客潜入秦王宫偷出狐白裘,献给了秦王爱姬,得以让其给秦王说好话,放孟尝君回国。这个故事广为流传,为窃贼标上了身怀绝技者的标签,为后世文学戏曲作品中窃贼的形象定下了基调。

在中国古代的社会观念中,盗窃虽然是不良行为,可是算不上重罪。盗窃行为侵害的是私有财产,一般来说大多是富人的财产。在中国古代社会,科举作为选拔人才的标准化考试,依据的是儒家经学,而儒家对于富人总是采取一种暧昧的态度。孔夫子希望的是“贫而乐,富而好礼”(《论语·学而》),认为“贫而无怨,难;富而无骄,易”(《论语·宪问》)。而儒家的另一位圣人孟子也曾引用阳虎的话“为富不仁矣,为仁不富矣”(《孟子·滕文公上》)。因为贫穷而染上小偷小摸习气,在中国社会观念上也经常是被容忍的,所谓“人穷志短”,时常被认为是一批“可怜虫”。比如元代杂剧《崔府君断冤家债主》中,赵廷玉无钱葬母,只好“出于无奈,学做些儿贼。白日里看下这一家人家,晚间偷他些钱钞,埋葬我母亲,也表我一点孝心”。后来轮回到被偷的人户里做了大儿子,“干家做活”,“填还”前世欠下的债负。

在有的明代小说中,窃贼甚至还成了主要的英雄人物。比如明末作家凌濛初的短篇小说集《二刻拍案惊奇》(1632年刻版发行)卷三十九“神偷寄兴一枝梅　侠盗惯行三昧戏”里,就着力描写了几个窃贼的正面形象。

一个是南宋临安城里的“剧盗”,因为每次潜入人家行窃后,还要在人家墙上写上“我来也”三个大字,由此这三个字成了这位窃贼的招牌,即使入了牢房,他居然也有本事将自己撇个清白,昂然出狱。

另一个侠义的窃贼是明朝嘉靖年间苏州的“神偷”，绰号“懒龙”。他入人家行窃后，爱在墙上画上一支梅花，所以又号“一枝梅”。有一次被知县追捕急了，他居然夜入知县内宅，剪了知县的发髻放在印盒里，照样画上梅花而遁。知县早晨起来，吓得目瞪口呆，“剪去头发，分明说可以割得头去；放在印箱里，分明说可以盗得印去。这贼直如此厉害”！赶紧下令停止追捕。作者竭力描写了“懒龙”行侠仗义，“似这等人，也算做穿窬小人中大侠了，反比得那面是背非、临财苟义、见利忘义一班峨冠博带的不同”——把这个窃贼抬举到“峨冠博带”的读书人群体之上。

没有死罪的窃盗罪

在这样的社会背景下，古代正式法典里对窃盗行为一直没有重罚。虽然传说战国时主持魏国变法的法家李悝在撰写《法经》时，以为“王者之政，莫急于盗贼”，因此将《法经》的第一篇命名为“盗法”。可是在后来据说是以《法经》为蓝本制定的秦国法律里，一般的盗窃并没有被定为死罪。据湖北云梦出土的秦墓竹简，有一条秦国法律规定，五个人一起“盗”的，盗赃在一钱以上，五个人都要“斩左趾，又黥为城旦”（砍去左足并毁容后再去为国家建造长城）；不满五个人一起

“盗”的,赃满六百六十钱以上,每人都黥劓为城旦(割去鼻子并毁容后再去为国家建造长城)。

从湖北张家山出土的汉初的《盗律》来看,普通的盗罪也没有死罪:赃满六百六十钱以上,黥为城旦舂;二百二十钱到不满六百六十钱,完(保全罪人头发脸面)为城旦舂;一百十钱到不满二百二十钱,耐为隶臣妾(剃去罪人鬓角、胡须后,配到各官府担任勤杂服役);二十二钱到不满一百十钱,罚金四两;一钱到不满二十二钱,罚金一两。

中国以后历代法律都继承了这一原则,盗窃罪一般都没有死罪。如唐律对于窃盗规定:不得财的处笞五十,赃满一尺处杖六十,赃满五匹徒一年,递加至赃满五十匹以上,处加役流(流放到三千里外,为当地官府服苦役三年后在当地落户)。明律规定:凡百姓偷盗官府财物的,赃满八十贯处绞刑;并且规定凡盗窃或侵害官府财物罪的一律要比照普通的盗窃或侵害财物罪加重二等;而普通的窃盗罪,赃满一百二十贯以上,杖一百流三千里,没有死罪。

只有清朝的法律将窃盗罪行加重到死刑。在康熙四年(1665年)规定,盗窃赃值超过一百二十两白银的,处“绞监候”(关押等待秋天举行的朝廷会审最终决定是否执行绞刑),后来又将此条例编入了《大清律例》。这是中国法律史上唯一一次在法典中规定了对窃盗罪可以适用死刑的事例。

一碰就是死罪的强盗罪

中国古代法律对于强盗罪的处罚原则和窃盗罪正相反，一直以最重刑罚处罚。比如，上述在湖北张家山汉墓出土的汉律条文中，凡是“群盗”，或是行盗同时伤人的，或是将人捆绑后“强盗”的，或是盗墓的，或是身为官吏而盗的，都是加重的“盗”罪，全部都要处以“磔”（处死并肢解尸体）。更进一步的是“劫”罪，凡明火执仗的抢劫，只要有了抢劫的图谋或实施了抢劫行为的，无论是否劫到财物，一律都处以“磔”，并且连坐其妻子子女，全部处以城旦舂。

以后历代法律都继承了这一原则：“取非其物”的行为如果是暗中进行的，一般都没有死罪；但如果是使用武力抢劫或以武力威胁的盗罪，就要严厉处罚，直至大量适用死刑。比如南朝的法律规定，抢劫犯一律处死，如果遇到大赦，可以不杀，但仍然不可释放，要在其脸部刺上“劫”字，发配到官府的矿山之类场所终身服苦役。

北朝及隋唐的法律将“取非其物”的行为分为强盗、窃盗两大类。唐律对于强盗的定义是“以威若（或）力”，即以威吓或暴力取得他人财物，其中包括使用药、酒等使对方陷入迷乱状态而取其财物的行为。唐律规定,普通的强盗不得财,徒二年;得赃一尺(当时是以绢帛为货币,计算价值都以绢帛的尺寸为标准),徒三年;以上递加至得赃十匹,绞。如果强盗伤人,无论是否得赃,一律处以绞刑,杀人者处斩。“持仗”(持有武器)的强盗,即使不得赃,仍然处流三千里;赃满五匹者绞,伤人者斩。而对于窃盗的定义是“潜形隐面”,即暗中不让人发觉地取他人财物。窃盗不得财的,处笞五十;赃满一尺,处杖六十;赃满五匹,徒一年;递加至赃满五十匹以上,处加役流。

后来明律对于“取非其物”的行为区分更为严密,规定以武力或以武力相威胁夺取他人财物的就是强盗罪。如果得到财物,不分首从,参与者皆斩;伤人的,也是皆斩;未得财物,仍然要处以杖一百、流三千里。又专设“白昼抢夺”罪(白天乘人不备抢走财物,夜晚抢夺即为强盗罪),未得财物,杖一百、徒三年;得财物者计赃比照窃盗罪加重二等定罪处刑,伤人者斩。这一罪名的处刑比唐律中的强盗罪(未得财物徒二年,计赃至十匹以上绞,伤人者斩)还要重。清朝全面继承明朝的法律,但又制定条例,规定对于在道路、江河行劫的强盗再加重处罚,一律在行劫场所“枭首”(处死后将砍下的脑袋悬挂于高处)。

恐怖的结盟

梁山好汉排斥小偷的原因颇费思量。如果说是因为小偷窃人钱财的话,那么梁山好汉打家劫舍、拦路抢劫的行径不是更严重的夺人钱财以至于性命吗?

如果说是鄙视小偷偷偷摸摸地暗中行劫,比不上明抢明夺“光明正大”,那么梁山脚下旱地忽律朱贵开的酒店,“孤单客人到此,无财帛的放他过去;有财帛的来到这里,轻则蒙汗药麻翻,重则登时结果,将精肉片为羓子,肥肉煎油点灯”。十字坡菜园子张青、母夜叉孙二娘夫妻开的黑店,“实是只等客商过往,有那入眼的,便把些蒙汗药与他吃了,便死。将大块好肉,切做黄牛肉卖,零碎小肉,做馅子包馒头。小人每日也挑些去村里卖,如此度日”。揭阳岭上催命判官李立的酒店也是在暗中给人下蒙汗药,劫人钱财,还要害人性命。凡此种种,不同样是鬼鬼祟祟的勾当?混江龙李俊、船火儿张横之流,在江河渡口将人骗上渡船后,乘人之危,劫财害命,也难说是师出有名。

读者都记得,当林冲初上梁山时,白衣秀士王伦提出要林冲交出一个“投名状”。“但凡好汉们入伙,须要纳投名状。是教你下山去杀得一个人,将头献纳,他便无疑心。这个便谓之投名状。”这实际上可以视为梁山好汉们的普遍心态:大家都背上一个难以赦免的死罪,也就彼此共同结成了反抗官府、反抗法律的约束。因此在梁山,一般社会观念上的罪孽越是重大,反倒足以表明“英雄气概”,越是没有去投靠官府的可能性。除非大家一起接受“招安”,否则就永远别想正当地回归社会主流。

从这个角度来说,小偷、窃贼都非重罪者,而时迁、段景住所为都仅仅是偷鸡盗马的行径,所干下的“事业”实在不足挂齿。若不是引发了两场大战,单凭这样的“投名状”,可以说是上山无门。即使上了山,座次也只好排在末尾了。

2. 命运的定数

愚忠的李逵

《水浒传》一百零八将里，个性最鲜明、结局最具悲剧性质的，就要算黑旋风李逵了。他在梁山上是个最积极的骨干分子，打起仗来肯定是赤条条举着两把大板斧冲在最前面，就连化装侦查的事也抢着要参加。他反抗官府、“替天行道”的意念最为强烈，每次梁山好汉们讨论招安问题，第一个跳出来反对的肯定就是他。当他发现有人顶着宋江的名字在外面欺压良善，就忍耐不住，一直打上聚义厅，撕毁了那面“替天行道”的杏黄大旗。

奇怪的是，这位天不怕地不怕，动辄要“杀去东京，夺了鸟位快活”的莽汉，他的意见总是被宋江一顿呵斥，压了下去，而他也服服帖帖接受宋江的喝斥和奴役。当宋江意识到自己已被朝廷奸臣下了药酒,命在旦夕的时候,就把李逵叫来,给他也下了毒酒,就是怕他在自己死后再起来造反,坏了自己的"忠义"英名。而李逵居然还说些"宋江哥哥要我死,我也不怨哥哥"之类的软话,实在是让人看不下去。

好汉只值十两银?

很多人都认为这是宋江"小恩小惠"手段的成功,因为宋江实际上并没有什么才能和德行,只是他有银子,所以有钱能使鬼推磨。宋江就是仗着手里的几个钱,对落难的各路英雄好汉施以接济,由此博得美名,由"黑三郎"变成了"呼保义"和"及时雨",让各路英雄好汉围着他团团转。

《水浒传》描写宋江与李逵初次见面,是在第三十八回"及时雨会神行太保　黑旋风斗浪里白条"。宋江在戴宗那里遇见了李逵正在与人吵架,戴宗把李逵叫过来相见。李逵听说见到的确实是及时雨宋江,"拍手叫道:'我那爷! 你何不早说些个,也教铁牛欢喜!'扑翻身躯便拜"。宋江问他为什么和人吵架,李逵道:"我有一锭大银,解了十两小银使用了。却问这主人家那借十两银子,去赎那大银出来,便还他,自要些使用。叵耐这鸟主人不肯借与我。却待要和那厮放对，打得他家粉碎，却被大哥叫了我上来。”宋江立即就送了李逵十两银子，李逵接得银子，赶紧就去了赌房，想“倘或赢得几贯钱来，请他一请也好看”。可是连博了两博，都是输，转眼间十两银子就没了。李逵急了眼，把银子一把抢回来，顺手又抢了别人赌的十来两银子。赌客们上前抢夺，李逵指东打西，指南打北，把这伙人打得没得躲处。戴宗和宋江赶过来阻拦，李逵惶恐满面，宋江却大笑道：“贤弟但要银子使用，只顾来问我讨。今日既明明地输与他了，快把来还他。”赌徒们被李逵打惨了，都不敢接这十两银子，宋江就要他们权且当成疗伤的费用，这才平息了这场争端。

很多人认为宋江一见面就出手如此大方，使得李逵认定“宋江哥哥果然是一个仗义疏财的好汉”，由此服了宋江，“供驱使”作“牛马走”。就为着受了十两银子的蒙蔽并欲报这一锭银子的恩惠，他最终被宋江毒死。可见，十两银子就买去了李逵的精神和性命。

这样解析李逵的悲剧，实在是把这位英雄好汉看得太贱了。

中国传统文化里讲究的“义”，并不是简单的金钱施恩与报答。所谓“士为知己者死”，为了报答“知遇之恩”，是可以不计算金钱和生命的代价的。李逵与宋江的关系绝不是简单的十两银子买来的。真正原因在于,李逵作为一个社会底层的贱民,却得到了宋江这种社会中层阶级成员的衷心对待,因而产生感激之情,这激励他服从并愚忠于宋江,至死不渝。

最贱之人是狱卒

小说描写李逵是沂州沂水县百丈村人氏,乡中都叫他李铁牛。因为失手打死了人,他逃离家乡,后来遇到大赦,罪名被解脱了,但就此流落在江州,到江州监狱里当了一名“小牢子”。而这个看管监狱的职业,在中国古代社会就是最卑贱的职业。

中国古代社会的普遍观念里,“倡、优、隶、卒”四项为贱业,即妓女、戏子、皂隶(官府里行刑的衙役)、禁卒(看管监狱的衙役)这四类人为贱民。所谓“倡优皂卒,世所不齿”。直到20世纪初的小说《官场现形记》里,依然认为“最贱之人,倡优皂卒”。

所谓“皂卒”,实际上是泛指各级衙门里的各类勤杂人员。“皂”就是指皂隶,有点类似于现代的法警,负责跟随长官左右护卫开道,审判时站立大堂两侧,维持秩序,押送罪犯,执行刑讯及笞杖刑。“皂”也用以指“巡捕快手”,简称捕快,有点类似于今天的刑事警察,从事传唤被告和证人、侦缉罪犯、搜寻证据的工作。这在《水浒传》里往往被尊称为“观察”。还有弓手或弓兵，负责把守城门、衙门、仓库、监狱等要害部位，巡逻城乡道路，有点类似于当代的武装警察。《水浒传》里称之为“都头”，如一百零八将里的美髯公朱仝、插翅虎雷横、行者武松、青眼虎李云。“卒”就是看守管理监狱的禁卒牢头。在《水浒传》一百零八将里，除了李逵，还有他的上级神行太保戴宗，以及铁叫子乐和、一枝花蔡庆。同时还包括执行死刑的刽子手（在《水浒传》一百零八将里有病关索杨雄、铁臂膊蔡福）、检验尸体或伤势的仵作、巡夜的更夫、看管仓库的库丁、报时的钟鼓夫、作为官员出行时先导的吹鼓手、养马的马夫、烧饭的伙夫等各类衙门勤杂人员，这些人都被统称为衙役，属于贱民之列。

依当时的习俗，衙役排在社会底层，还比不上娼妓与戏子。因此很少有平民会与这个阶层的人通婚。比如《水浒传》里武松做过都头，后来被刺配到沧州时，张团练为麻痹他，许给他的妻子却是他家里的婢女玉兰，以贱配贱。

衙役平时与人交往时，很少可以坐上座。比如《水浒传》第十八回里，济州府的“三都缉捕使臣”何涛到郓城县来缉捕晁盖等人，正好遇到当天值班的“押司”宋江。何涛当街迎住，“且请押司到茶坊里面吃茶说话”。两个人到茶坊里后，宋江要请何涛坐上座,何涛道:“小人是一小弟,安敢占上。”两个谦让了一回,结果还是宋江占了主位,何涛坐了客席。又如宋江在小旋风柴进庄园里结识了武松,要拉武松上座,武松拼命推辞,坐到了末席。

古代法律上也认定,除了民壮外,其他的衙役都是贱民,子孙要在脱离衙役身份的三代以后才可以参加科举考试。

身有疮疤含贱根

《喻世明言》中的“金玉奴棒打薄情郎”这个故事里说:“若数着‘良贱’二字,只说倡、优、隶、卒四般为贱流,到数不着那乞丐。看来乞丐只是没钱,身上却无疤瘢。”这最后一句“身上却无疤瘢”,点明贱民之贱就是因为他们糟蹋了父母留给他们的身体:倡、优让自己的身体让人亵渎,隶、卒使自己的身体动辄遭长官责打。中国传统文化里讲究的是“孝”,而最简单的“孝道”,是《孝经》上讲的,“身体发肤,受之父母,不敢毁伤”。这些职业的从事者居然连最基本的孝道都做不到,所以才是让人侧目的贱民。

倡、优靠让人糟蹋父母传下的身体换饭吃,因此可以被视为贱民。为什么衙役也是如此呢?这是因为衙役在衙门里,只要一有工作没有完成,就要遭到长官的责打。动辄挨打,有损父母给予的身体,于孝道大有亏;甚至有时还要被刺字,遭到羞辱。比如《水浒传》第十七回里,为了破获劫夺生辰纲的案件,济州知府把"观察"何涛叫来,不由分说,先在他脸上刺上"迭配……州"的字样,限他十日内破案,否则就填写了州名把他刺配出去,"决不饶恕"!

另外,衙役除被打外,他的职责也允许他打人抓人,有可能欺压良善。对于中国古代社会来说,这也是件"不祥之事",很容易"伤阴德"而得不到"好报"。这也是普通百姓避之不及的原因,让这个职业成为受社会排斥的行当。

高出百姓一等的书吏

和李逵、武松等人相比,宋江就算是社会中等阶层了。书吏虽然被正式的士大夫阶层看不起,可是和普通百姓相比,毕竟还是属于一个上层阶层。尤其在衙门里,书吏要比官多得多,是代表官府跟老百姓打交道最多的群体。衙门里的书吏一般沿用宋元时的称呼,叫"押司",或沿用古称叫"令史",尊称"提控"。有的地方称呼书吏为"外郎",也有的地方称"师傅",或尊称"相公"。对于年纪大的则尊称"老先生"。

书吏享有免役的特权。中国古代朝廷总是给老百姓设定种种"义务劳动"的项目,每年会占用几十天。比如《醒世姻缘传》第四十二回提到:"报了农民,就要管库、管仓、管支应、管下程、管铺设、管中火。若赔了,倾家不算,徒罪充军……纳了司吏,就可以免纳农民。"

书吏的社会地位从他们的衣着打扮上就看得出来,法律规定他们可以穿长衫,不过颜色只能是黑色的(秀才的长衫是青色的),和秀才一样结一根长长的"儒绦"衣带,脚蹬靴子。而普通百姓就只能穿短衫,最多脚登高帮鞋,绝对不可以有靴筒。明朝时期,书吏还头戴一种有着前仰后俯方顶的帽子,两旁伸出一对小翅,有点像官员的乌纱帽,走在路上俨然高人一等。

更重要的是,书吏有着弄权的好处,可以满足人们的权势欲望。书吏还是通往作官的一条路径。历代法律都允许书吏在服役供职一定年限后,经考核无过错,即为"考满",获得作官的出身。

而且,书吏的收入也是相当可观的。虽然官府发放的役俸、工食少得可怜,但是按照不成文的陋规,书吏每干一件稍稍涉及钱财,或者是由他们出面的政府事务,就会从中得到点好处,这算是没有明文规定的"手续费"。这在严格意义上当然是违法的,不过,如果全靠役俸、工食,那就没有人愿意干书吏这一行了。

在梁山好汉里,宋江这个书吏的社会身份还是相当高的。玉麒麟卢俊义那样的富商,九纹龙史进、托塔天王晁盖那样的土豪,并没有当时社会的主流身份,在法律上只是平民。至于林冲之类的“教头”,和霹雳火秦明、小李广花荣那样的武官,在古代“重文轻武”的社会环境里,也并不比宋江这样的文官候补者身份高多少。在主要由社会边缘分子组成的梁山好汉里,宋江算得上是“体制内”的人物,这是他得到拥戴的一个很重要的原因。

放下身段结兄弟

梁山好汉里真正属于社会特权阶层的是小旋风柴进,他被描写为后周皇室的后代,享有不被法律追究的特权。可是尽管他也是以“仗义疏财”“结交好汉”闻名,但是毕竟身份太高,往往放不下身段,并不愿意降低自己的身段来结交贱民。最典型的例子是武松躲在他庄里几个月后,就有点被他嫌弃,不再认真接待了,即使武松患上疟疾也没有得到很好的照顾。第二十三回“横海郡柴进留宾　景阳冈武松打虎”提到,宋江兄弟来了以后,刚结识了武松,宋江就大喜,“携住武松的手,一同到后堂席上,便唤宋清与武松相见”。柴进没有办法,只好邀请武松一起饮酒。宋江要让武松上座,武松那里肯坐,谦了半晌,武松坐了第三位。痛饮之后,宋江在灯下看了武松这表人物,心中甚喜。当夜饮至三更,酒罢,“宋江就留武松在西轩下做一处安歇”。

显然,宋江是真心对武松好,并没有柴进那种居高临下施恩于人的姿态。后来武松痊愈后要回家乡,宋江又和兄弟宋清两个送武松上路。离了柴进东庄,行了十里路左右,三个人来到一个路边酒店,“宋江上首坐了,武松倚了梢棒,下席坐了,宋清横头坐定。便叫酒保打酒来,且买些盘馔果品菜蔬之类,都搬来摆在桌上”。武松提出要和宋江正式结拜为兄弟,“宋江大喜,武松纳头拜了四拜”。宋江叫宋清身边取出一锭十两银子,送与武松。三个出酒店前来作别。武松坠泪,拜辞了自去。宋江和宋清立在酒店门前,望武松不见了身影,方才转身回来。这一段情节显示出宋江确实具有“折节下交”的过人之处,真心对待被列在贱民之列的人物,自然使这些贱民感受到“知遇之恩”,愿意为之赴汤蹈火。

梁山好汉的绝大多数成员都是李逵这类社会边缘人物,如李逵一样的衙役就有近十人,还有一半多是强盗、小偷以及没有正当职业的“闲汉”,上梁山前具有良民身份的只有二十多个人。他们尽管是在对抗朝廷和官府,但潜意识里仍然认同于这个社会体制本身,因此他们推举、服从的必然是原来具有“体制内”身份的宋江。

现代人往往会忘记中国古代社会是一个身份等级严格的社会,而且这种等级并不是按照财富来划分的,是按照“贵贱”为标准,“富”的人往往并没有社会地位。这种按照人的身份来划分等级的观念,放射到当时社会的各个方面,有着极其深远的影响。李逵的悲剧,就是受这种观念影响的一个重要的例证。

3. 梁山好汉们脸上的“金印”

究竟什么是“金印”

《水浒传》中，好汉们被逼上梁山时，大多都是脸上打了“金印”、被官府“刺配”的罪犯。比如第一回“张天师祈禳瘟疫　洪太尉误走妖魔”里，洪太尉拿“刺配”来威胁道士们，指着道众说道：“你等不开与我看，回到朝廷，先奏你们众道士阻当宣诏，违别圣旨，不令我见天师的罪犯；后奏你等私设此殿，假称锁镇魔王，煽惑军民百姓。把你都追了度牒，刺配远恶军州受苦。”

那么究竟什么是刺配？为什么又叫打金印？

《水浒传》本身对此也有解释。第八回“林教头刺配沧州道　鲁智深大闹野猪林”里，作者说：“原来宋时，但是犯人徒流迁徙的,都脸上刺字,怕人恨怪,只唤做‘打金印’。”也就是说,罪犯被判处徒刑、流放、迁徙的,都要在脸上刺字。因为大家讨厌“刺字”的说法,所以改称“打金印”。

作者的这个解释对吗?难道刺字在宋朝确实是一种附加刑吗?

想了解这个问题,首先就要了解宋代的刑罚制度。

最为宽大的法定刑制度

宋代的法律所规定的正式刑罚制度,和唐朝是一样的,就是所谓的“五刑”:笞、杖、徒、流、死。

笞刑,是拿荆条[法定尺寸是三尺五寸(约合今 108.85 厘米),号为“笞杖”,大头直径二分(约合今 0.62 厘米),小头直径一分五厘(约合今 0.47 厘米)]抽打罪犯的臀部和大腿,分为五等,每打十下算一等,从十下到五十下。

杖刑,是用荆条[法定尺寸也是三尺五寸,号为“常行杖”,大头直径二分七厘(约合今 0.84 厘米),小头直径一分七厘(约合今 0.53 厘米)]分别抽打罪犯的背部、臀部、大腿,每打十下算一等,从六十下到一百下,也分为五等。

徒刑,是将罪犯关在监狱里,并为当地官府服苦役。从徒一年开始,每半年为一等,一共也是五等,到徒三年为止。

流刑,是将罪犯放逐到远方,从二千里开始,每五百里为一等,一共是三等,最重的是流三千里。罪犯到了流放的地方,先要为当地官府服一年的苦役,以后就在当地落户居住。

死刑,分为绞、斩两等。绞,是在罪犯脖子上套上一个绳圈,然后用短木棍将绳圈逐渐绞紧,直至罪犯窒息毙命。斩,就是用大刀砍掉罪犯的脑袋。

这套刑罚制度在当时世界上是最为宽大、最为人道的。它体现的完全是中国特定的文化价值观念。

比如笞杖刑,用小指粗的荆条抽打几十下,身体痛苦程度一般来说还不至于达到常人所能承受的极限。不过,中国传统文化强调的是“身体发肤,受之父母,不敢毁伤”,做了坏事让官府打屁股,是对祖先赐予的身体的亵渎,身上痛、心里更痛,让罪人负担沉重的是对于祖先的负疚感。

又如流刑,因为中国传统文化强调的是“不去父母之邦”、安土重迁的观念,将一个人强行迁居到二千里之外的远方,就算是一种很严重的处罚了。虽然罪人身体上可能没有受到什么损伤,可是他在心理上承受了极大的痛苦。

附加刑超越法定刑

到了唐代,随着民族大融合,文化观念已经有了很大的衍变,原来中原华夏民族那些古老禁忌已经对普通人的影响不大。唐代立法的时候,实际上已经体会到这套“五刑”刑罚体系的威慑力不够,因此,对于重罪罪犯往往“决重杖一顿”的处罚,以让罪犯皮肉重重吃苦作为处罚。

到了唐末五代时期,社会秩序混乱,统治者如同走马灯一般,城头变换大王旗,哪里有工夫来把罪犯关押三年,或者流放到三千里以外的地方?况且很多割据政权的统治地域也远没有三千里那么大。于是,当时广泛采用“脊杖”的处罚方式,来代替原来的笞杖徒流刑罚。同样的罪名,先按照法律规定的刑罚判决,执行的时候转换为“脊杖”:用竹板专门打罪人的背脊,打出血来,这叫打一个“背花”。这个传统到了宋朝,就固定下来,被称为“折杖法”。具体来说:

笞杖刑改行“臀杖”,刑具为三尺五寸(约合今107.62厘米)长的竹板,大头阔二寸(约合今6.14厘米),小头直径九分(约合今2.76厘米),只责打臀部,数目自七下到二十下。杖刑折臀杖:杖六十,折杖臀十三;杖七十,折杖臀十五;杖八十,折杖臀十七;杖九十,折杖臀十八;杖一百,折杖臀二十。

宋代将原来部分的徒刑罪名改为“脊杖”,仍以竹板为刑具,只责打罪犯背部,数目自十三下到二十下。凡流刑一律要附加脊杖,数目为十七下到二十下。由于脊杖要打破皮肤,故号为“背花”。臀杖、脊杖都是杖毕后即放,不再服役。

宋代流刑本刑分四等实施折杖法:流二千里,杖脊十七;流二千五百里,杖脊十八;流三千里,杖脊二十;加役流,杖脊二十。流刑折杖行刑后,就地配役一到三年,不再远流。服役年满即放。流刑犯如果还附加有编管、移乡刑罚时,则配役之刑移至编管、移乡处执行。宋代在流刑本刑外,常以附加刺配刑的方法来惩处重犯。如法律规定漏泄“朝廷机密事”,流二千五百里,“配千里”。其中流二千五百里是本刑,配千里是附加刑。实际执行时,本刑折成杖脊十八,并不流放,“配千里”才是发配到千里以外服役。

“刺配”为军

后来,宋朝统治者觉得,有些重罪罪犯,光打一顿还不足以防止他们再次犯罪,而且“死刑重,生刑轻,故犯法者多”。死刑与“生刑”脱节,重轻失调。于是,官方又想出来将重罪罪犯在打完脊杖后再送到地方部队里去服役,作为一种附加刑。

随着宋代社会矛盾的发展,这种配役附加刑的运用范围也越来越广,其刑罚等级也日趋细密,并呈加重趋势。例如,北宋真宗大中祥符年间,配役法仅四十多条,至南宋,孝宗淳熙年间，已达五百七十条。发展到后来，宋代的附加刑远重于主刑，从而形成了宋代刑法的一个特色。配役的地理远近是根据罪行轻重来定的。北宋哲宗元符元年(1098 年)，配隶等级约分九等，依次为配本州、邻州、五百里、千里、二千里、三千里、广南军州、远恶军州、沙门岛。南宋孝宗时又细分为十四等。配隶刑不定刑期，配隶人并无明文规定何时能恢复自由，唯遇朝廷恩赦，可依量移法从远处移徙近地。犯人量移后，如又遇恩赦，则放令从便。

那么，配役为什么又要“刺字”呢？

原来，在五代的时候，军阀混战，统治者都采用抓兵的办法来补充军队，为了防止士兵逃亡，就在士兵脸上刺上部队的番号。这个办法也保留到了宋朝，宋朝正式的军队叫“禁军”，士兵不是抓来的，是雇来的，发工资。不过代价就是，你拿了我的兵饷，就得在脸上刺部队番号，以免你拿了工资就逃走。

宋朝的地方治安性、辅助性部队被称为“厢军”，实际上是给朝廷服劳役的军队，职责如运输物资、看守仓库、维修设施等，主要由服刑的罪犯来充当，士兵脸上也要刺上服役的地方。《水浒传》里，梁山好汉们的小喽罗士兵，也都是脸上刺着梁山的番号。比如第二十回，梁山首次在晁盖领导下打败了前来围剿的官军,“把这新拿到的军健,脸上刺了字号,选壮浪的分拨去各寨喂马砍柴,软弱的各处看车切草”。

前文所述这两个情况一结合,就出现了“刺配”。

第一,它并不是所有徒流罪犯都适用的附加刑,而是针对某些重罪罪犯的特定附加刑。在南宋的《名公书判清明集》里,大量的案件判决都是适用的“刺配”,但都是先有“脊杖”,然后才有“刺配”。

第二,脸上的刺字本身不是处罚,而是服劳役的附加刑所附带的一个番号。刺配的罪犯,脸上刺的,是他前往服役的地点,也就是“军州”。宋代把一些具有重要军事意义的地点划为“军”,和普通的地方政府“州”平级——州下面还有县,“军”是基层政府,但级别高,跟州平级。罪犯脸上刺的既不是罪名,也不是人名,而是一个地名。这一点,《水浒传》的作者没有搞错。

比如第十七回,济州府尹为了黄泥岗生辰纲一案,叫来观察何涛:

> 府尹喝道:“胡说!上不紧则下慢。我自进士出身,历任到这一郡诸侯,非同容易。今日东京太师府差一干办来到这里,领太师台旨,限十日内须要捕获各贼正身完

备解京。若还违了限次,我非止罢官,必陷我投沙门岛走一遭。你是个缉捕使臣,倒不用心,以致祸及于我。先把你这厮迭配远恶军州雁飞不到去处!”便唤过文笔匠来,去何涛脸上刺下“迭配……州”字样,空着甚处州名。发落道:“何涛,你若获不得贼人,重罪决不饶恕!”

又如宋江刺配江州,途经揭阳岭,被开黑店的催命判官李立麻翻,准备开剥,好在混江龙李俊赶来:

当下四个人进山崖边人肉作房里,只见剥人凳上挺着宋江和两个公人,颠倒头放在地下。那大汉看见宋江,却又不认得;相他脸上金印,又不分晓。

后来他想起来查看押送公文,才知道被麻翻的正是“及时雨”宋江。

“金印”打在脸颊上

那么,刺配是将服役地点刺在哪里呢?《水浒传》里绝大多数都说明是刺在罪犯的脸颊上。林冲被判刺配,“唤个文笔匠刺了面颊”;高太尉部下陆谦安排押送的公人暗害林冲,

“明日到地了时,是必揭取林冲脸上金印回来做表正”。宋江在江州浔阳楼写“反诗”,说是“不幸刺文双颊,那堪配在江州。他年若得报冤仇,血染浔阳江口”。这里的“双颊”,应该是为了诗词平仄的需要,因为其他的地方都只是说两行金印,没有说明是两面的脸颊。比如第二十九回,武松去打蒋门神时,“头上裹了一顶万字头巾,身上穿了一领土色布衫,腰里系条红绢搭膊,下面腿絣护膝,八搭麻鞋。讨了一个小膏药,贴了脸上金印”。可见“金印”只是在一边脸颊,用一张小膏药就可以遮住。

可是《水浒传》也有很多地方是明显写错的。首先,有关刺配的那个说明就是错误的,刺配并不是普遍适用的附加刑。其次,有关刺字的部位也有说错的。比如,第三十一回里,武松在十字坡酒店里,母夜叉孙二娘和菜园子张青将他装扮成一个游方的和尚,“只除非把头发剪了,做个行者,须遮得额上金印”。刺字的部位是在额头之上,显然与小说中其他部分的描写不同。

为什么《水浒传》的作者会写错呢?

说起来也很简单。水浒传的故事不是一个人一时一地创作的,梁山好汉的故事在南宋开始流行,到了元朝,很多水浒故事成为戏剧剧目,直到明朝才汇拢为我们现在看见的长篇小说。所以,水浒传故事成文的时候,已经是元朝、明朝,而这两个朝代是没有“刺配”这样针对重罪罪犯的附加刑的。

元代的“刺字”刑

元朝法律规定的刑罚体系,和中原地区传统不同,增加了“刺字”刑,主要作为侵犯官私财产犯罪罪犯的附加刑。凡是初犯窃盗行为,并且盗窃的财物已经到手,罪名确凿,已经被判处刑罚的,在罪犯左小臂内侧刺上一寸见方的“窃盗”两个字。再次触犯窃盗罪名的,在罪犯的右小臂内侧刺上“窃盗”两个字。第三次触犯窃盗罪名的,在罪犯的脖子后侧刺上“窃盗”两个字。强盗罪犯,初犯的就要在脖子后侧刺上“强盗”字样。

凡是被刺了字的窃盗或者强盗罪犯,刑罚执行完毕后,还要在本地充当“警迹人”,就是为官府充当“眼线”,晚上要跟着巡逻警戒,白天要追踪罪犯踪迹,平时要时常到官府报到。如果能够抓住其他罪犯,就可以经过官府批准“起除刺字”。没有这样的立功表现,经过充当五年警迹人,没有再犯罪的,也可以经官府批准“起除刺字”。

元朝有关刺字的法律规定还相当细致。比如,蒙古人、妇女犯盗罪的,不适用刺字的附加刑。假如罪犯手臂上有文身,要在文身的空白处刺字;假如罪犯在刺字后再去文身,故意用文身遮盖刺字,再犯盗罪的,就要改刺在罪犯的手背上。假如被刺字的罪犯自行“起除刺字”,再犯任何罪名,都要补刺。

元朝的军队是职业军、世袭军,百姓一旦被签为军户,就要世代服兵役。不过,元朝没有采取宋朝那种给士兵脸上刺番号的办法。这很可能是为了争取士兵。因为脸上刺字,对于中原汉族人来说,是在脸上留下永久性的伤痕,这会给保有“孝”之概念的传统人士心灵上留下巨大的创伤。

明朝的“充军”不同于刺配

明朝的法律照搬了元朝附加刑种“刺字”,凡是盗罪(窃盗、白昼抢夺,以及盗窃官府财产的“常人盗”等)都要在罪犯的小臂、脖子后部刺字,只有强盗罪,因为法律已加重到“得财皆斩”,不再刺字。但是,仍然没有在犯人脸上刺字的事情。

另外,明朝创设了“充军”的刑罚,将一些重罪罪犯在执行完刑罚后,再发到某些地方去“充当军户”,当作驻防军人。这和宋代的思路是一样的,只是明代不再采用脸上刺部队番号的办法来防止逃兵,而是采用连坐的办法:有军户逃亡的,就到他的原籍老家,从他的兄弟开始“点签”;没有兄弟的就是堂兄弟、族兄弟,甚至是同姓的远亲,反正要有一户充军到逃亡的地方去。

充军这个办法原来只是针对部分罪名,明律中规定凡军人犯徒流罪,先决杖,然后分等发往外地卫所(卫所是明代的军事单位,按照编制,卫有五千多军人,千户所即有军人一千多人,百户所即有军人百余人)充当军户。以后的条例也对平民适用充军,充军的罪名不断增加,至万历年间,《问刑条例》已有一百三十三项针对平民的充军罪名。同时,逐渐形成附近、边卫、极边、烟瘴、沿海、口外等等级;又分为终身充军、永远充军两类,前者仅罪犯本人充当军户至死,后者则罪犯子孙世代为军户。

因此,实际上到《水浒传》成文的时候,说书人以及民间普遍对于刺配已没有了认识,难免理解有所错误。

4. 多用途的“枷”

名目众多的“枷”

《水浒传》里提到最多的器械之一，就是“枷”。梁山好汉们在被官府冤枉、遭难判刑时，都是被“钉”上了“枷”，然后或者是监禁，或者是押送，也有可能是被“枷号”示众。甚至有的时候，枷又成了好汉们手里的临时兵器。比如第五十一回“插翅虎枷打白秀英　美髯公误失小衙内”里，雷横用它打死了白秀英；第六十九回“东平府误陷九纹龙　宋公明义释双枪将”中，九纹龙史进被关在东平府监狱，打算越狱逃走，乘着上厕所的时候，“哄小节级道：‘背后的是谁？’赚得他回头，挣脱了枷。只一枷梢，把那小节级面上正著一下，打倒在地”。

仔细区分一下，这枷的名目还挺多。比如有“长枷”和

“护身枷”、“行枷”的不同。第八回“林教头刺配沧州道 鲁智深大闹野猪林”，林冲得罪高衙内，高俅设计使林冲“持刀入白虎节堂”。被判刑后，“府尹回来升厅，叫林冲除了长枷，断了二十脊杖，唤个文笔匠刺了面颊，量地方远近，该配沧州牢城。当厅打一面七斤半团头铁叶护身枷钉了，贴上封皮”。同样，第十二回“梁山泊林冲落草 汴京城杨志卖刀”，杨志因为杀死无赖牛二，也是被判刑，“将杨志带出厅前，除了长枷”，又“把七斤半铁叶子盘头护身枷钉了”，流配出去。第三十七回“没遮拦追赶及时雨 船火儿夜闹浔阳江”，宋江流配途中，得到两个押送公人的照顾，“两个公人道：‘押司，这里又无外人，一发除了行枷，快活睡一夜。明日早行。’宋江道：‘说得是。’当时依允，去了行枷”。第五十一回朱仝私放了雷横，“当厅审录明白，断了二十脊杖，刺配沧州牢城。朱仝只得带上行枷”。

另外还有“死囚枷”和“重枷”、“大枷”。比如第十八回“美髯公智稳插翅虎 宋公明私放晁天王”，白日鼠白胜被官府逮捕，“取一面二十斤死枷枷了”。第二十七回“母夜叉孟州道卖人肉 武都头十字坡遇张青”，武松杀死潘金莲后，抓了王婆到官府自首，知县下令“将武松的长枷换了一面轻罪枷枷了，下在牢里。把这婆子换一面重囚枷钉了”。第三十九回

“浔阳楼宋江吟反诗　梁山泊戴宗传假信”,宋江在江州被捕后,“蔡九知府明取了招状,将一面二十五斤死囚枷枷了,推放大牢里收禁”。后来戴宗传回了伪造的蔡京回信,被怀疑审讯,“蔡九知府再把戴宗拷讯了一回,语言前后相同,说道:‘不必问了!取具大枷枷了,下在牢里!’”

法定的戒具

“枷”是套在罪人脖子上的木质戒具,是很多国家历史上都有的一种古代戒具。中国古代的枷是用木板制作的,起源已经难以考证。晚清法学家沈家本在他的《历代刑法考·刑具考》中详尽考证,指出中国古代将所有木质的戒具统称为“械”,拘束罪人手臂的为“梏”,拘束罪人双脚的为“桎”。到了隋朝以后,拷住双手的戒具被称为“杻”(也叫“拲”)。拘束罪人颈部的戒具,在秦汉时是使用铁质的“钳”(环状的铁器)。木质的据说有“校”,有罪人“荷校”的说法,“荷”具有肩负的意思,因此沈家本认为“校”就是后来的“枷”。

“枷”这个字的原意是指敲打谷物脱粒的农具,就是现在所说的“连枷”。《说文》中“枷,柫也”;“柫,击禾连枷也”。西晋的时候开始用来称呼拘束罪人颈部的木质戒具。西晋末年司马腾割据并州,将当地少数民族全部抓起来当奴隶卖,

“两胡一枷”(两个少数民族的男子共用一个枷),押卖到山东。其中,就有后来开创前赵政权的石勒(《晋书·石勒载记》)。南北朝时已经普遍采用“枷”作为拘束罪人颈部的戒具名称。后世一直都沿用了这个名称。

枷能够拘禁人身的主要原理,一是依靠木料的重量压在罪人肩膀上,使之行动不便;二是戴枷后使罪人身体重心上移,监守者只需要拖动木枷的一角,就足以使罪人行动不稳,易于制服。和现代人的想象有所不同,古代的枷一般是长条形的,拘禁脖子的圆孔位置有的靠前、有的靠后,并不一定在中间。枷用厚木板制成,预留圆孔,使用时两边合拢、用木销或横板连接后钉死。戏剧中见到的将罪人脖子和双手套在一块厚木板上的枷(颈手枷),在中国古代并不常见,也不是法定的戒具。

历代法律都对枷的形制有明确的规定。目前能够看到的最早的制度,是北魏世宗永平元年(公元508年)的一条法令,说“杖之大小、鞭之长短,令有定式,但枷之轻重,先无成制”,因此规定“大枷”的尺寸为:长一丈三尺,颈孔以下为一丈,“通颊木”方五寸。这些术语现代人比较难以理解,但至少在当时人看来应该是明确的制度。法令还规定这种“大枷”只能适用于大逆、反叛以上重罪罪犯。唐朝的法律规定了枷的尺寸限度:长度五尺至六尺之间,颈孔以下的长度应在两尺五寸至两尺六寸之间,宽度应在一尺四寸至一尺六寸之间,颈孔直径应在三寸到四寸之间。这个制度后来被改为以枷的总重量来规制,“重枷”为二十五斤,一般的枷为二十斤。北宋又增加了轻罪(应处杖以下刑罚的罪名)枷,重量为十五斤。

在《水浒传》小说成型的明代,法律对于这种传统戒具的规定更明确:枷以干木制成,长五尺五寸,宽一尺五寸;死囚枷重二十五斤,徒流囚犯枷重二十斤,杖以下的轻罪枷重十五斤。各地官府的枷都要按照制度预制后,在枷上标明用途、重量。这个制度将同样尺寸的枷按照重量分为三等,需要以不同厚度来调节。显然,《水浒传》里对于大枷、轻罪枷的描述是很准确的。只有在第六十二回“放冷箭燕青救主　劫法场石秀跳楼”里说,梁中书把持的大名府,死囚枷是一百斤的;刺配卢俊义时“换一具二十斤铁叶盘头枷”。这或许是为了刻意突出梁中书的昏暴而做的艺术处理。

后来在司法实践中,各地官府逐渐将轻罪枷改为方形的三尺见方的木枷,将原来法定的长方形的枷改称“长枷”或“长板”。对于需要押送到外地受审或受刑的罪犯,在实践中创造出更小一号的“行枷”,重量七斤半;为方便罪犯生活料理,有的还做成圆形的,用铁皮封钉。这就是《水浒传》里说的“铁叶子盘头护身枷”。这些实践中的做法后来被清朝继承,枷的法定形制被改为三尺长、二尺九寸宽的方枷,仍然以二十五斤重量为标准。

枷往往还需要和其他的戒具配合使用。除了重罪囚犯必须要上的“杻”外,最常见的与枷配合使用的戒具就是“锁”。《红楼梦》第一回“甄士隐梦幻识通灵　贾雨村风尘怀闺秀”中,甄士隐给“好了歌”做解,提到“因嫌纱帽小,致使锁枷杠”。而流传至今依旧经常使用的“枷锁”一词,也是这两种戒具一贯合用的结果。这里的“锁”是铁链的意思,在隋唐时往往写作“鏁”。唐朝法律规定,罪人脖子上加的锁链的长度应在八尺到一丈二尺之间。明朝法律规定,拘束罪人脖子的为“铁索”,应长一丈。清朝法律减轻了这一标准,铁索长七尺,重五斤。

作为刑具的枷

枷本来是戒具,可是在很多时候都被作为逼供的刑具使用。比如北魏的时候,很多酷吏为了逼取口供,在使用重枷外,还要往枷上再吊挂石块,甚至要壮汉牵住戴枷的被告摔跤,迫使被告“诬服”。后来北魏孝文帝特意下诏禁止(《魏书·刑罚志》)。唐朝武则天当政时任用酷吏,来俊臣把作为戒具的枷发展为逼供的刑具,创制了十号大枷,“一曰定百脉,二曰喘不得,三曰突地吼,四曰著即承,五曰失魂胆,六曰实同反,七曰反是实,八曰死猪愁,九曰求即死,十曰求破家”(《旧唐书·刑法志》)。明朝的大太监刘瑾甚至曾经用一百五十斤大枷对那些反对他的朝官进行枷号,被枷号者不数日即死,以至于“文臣垂首丧气,莫敢近觑”(陈洪谟《继世纪闻》卷二)。

另外一种以枷为刑具的用法是使犯罪者当众戴枷出丑受辱。将罪犯示众而遭众人辱骂,使其受到心理上的沉重创伤,同时也警告大众不得逾越法律及风俗,这在几乎所有的古代文明中都有类似的刑罚。当然这在古代人们的眼光里,算得上是一种轻刑。中国古代有“千人所指,无病而死”(《汉书·王嘉传》引)的谚语,在远比今天封闭的社会环境里,众人鄙视的眼光所造成的心理压力远远超出现在人们的想象。按照儒家经典《周礼》的说法,中国早在西周时候就有这种示众的刑罚,即“嘉石”。据说是在朝廷的宫殿外放上一块大石头,凡是屡教不改、伤风败俗的“罢(pi)民”,就给他戴上戒具,拷上手脚,让他站在这块大石头上示众十天。

唐宋开始设立“枷项令众”的刑罚,即让罪人戴枷示众的刑罚,示众的时间以十天、二十天或一个月、两个月为单位。

罪人白天示众,晚上收监。到了后来的元明清时期,这种刑罚就改称“枷号”,适用的罪名极其广泛,包括小偷小摸、行为有伤风化,或者是没有能够及时向政府缴纳赋税等。

唐朝以后,这种戴枷示众的刑罚都没有西周那种“嘉石”之类的固定设施,一般只是在罪犯脖子上套上一个十五斤重的方木枷,脖子用铁链拴住,就让他站在平地上示众。枷号的地点或者是在犯罪地点,或者是在衙门门首,或者是在城门门口等,而且往往是在不同地点轮换枷号。也有的地方让罪人戴枷坐在地上,两脚前伸,同样夹在一块竖起的“匣床”板里。

有的时候枷号也可以加重执行。比如《水浒传》第五十一回里,郓城县官为白秀英出气,将雷横枷号在白秀英演出的“勾栏”门首。白秀英还威胁看守的衙役,要他们“絣扒”(捆绑责打)雷横。雷横母亲来送饭,心疼儿子,与白秀英发生冲突。第一百零八回萧让、裴宣、金大坚在宛州被王庆守将梁永抓住,不愿下跪求饶,梁永大怒,喝叫军士:“将这三个奴狗,立枷在辕门外,只顾打他两腿。打折了驴腿,自然跪将下来。”“军汉依令,便来套枷絣扒摆布。”

也有的枷号判决近似于恶作剧。比如清代笔记《小豆棚》记载了郑板桥在山东潍县为知县时的轶事。当地的官盐商扭送一个贩私盐的到衙门,请求惩治。郑板桥见那人穿得破破烂烂,不像是私商;而盐商气势凶狠,好像要吃了那私盐贩子的样子。郑板桥说:“你是要我打他,我以枷号处置他如何?”盐商同意。郑板桥叫衙役用芦席编了一张八尺见方的大枷,又贴上白纸,他亲手在纸上画上兰竹,算是贴的封条。他派衙役把这罪犯带到盐商的盐店门口示众。大枷挡住了店门,看画的人围得水泄不通,盐店根本无法做买卖。盐商叫苦不迭,只得在第二天跑到衙门,请求放了那贩私盐者。

5. 最普遍的武器

作为以造反、打仗为主题的小说,《水浒传》里提到最多的武器,就是各种各样名目繁多的刀。整部小说里提到刀的有一千多处,比提到的其他武器(如剑、枪、矛、棒)加起来的总和还要多。小说中,无论军人还是平民,都可以公然带刀行走,似乎并没有什么管制刀具的概念。

那么,这种现象真实反映了当时社会的普遍风气吗?当时的法律对此没有任何管制吗?

随处可见的刀

《水浒传》里经常提到的刀,有单手使用为主、可以挎在腰间的"腰刀",双手使用的长柄的"朴刀",便于随身携带的短刀匕首"解手刀",等等。复杂点的,如九纹龙史进使用的兵器“三尖两刃四窍八环刀”。

打仗的时候,使用的武器可以是腰刀和朴刀。比如第三回“史大郎夜走华阴县　鲁提辖拳打镇关西”,九纹龙史进请了少华山的三位头领——神机军师朱武、跳涧虎陈达、白花蛇杨春——在自家庄里饮酒,因走漏风声,被官府派兵包围。“史进和三个头领,全身披挂,枪架上各人跨了腰刀,拿了朴刀”,破围而出。

平时出门上路,也是这样装备。比如第十二回“梁山泊林冲落草　汴京城杨志卖刀”,描写青面兽杨志经商行路,“跨口腰刀,提条朴刀”。第二十二回“阎婆大闹郓城县　朱仝义释宋公明”,宋江、宋清两兄弟外出逃难,“弟兄两个各跨了一口腰刀,都拿了一条朴刀”。连和尚上路,也会带上“戒刀”。第二十七回“母夜叉孟州道卖人肉　武都头十字坡遇张青”里,张青说他们夫妻两人从一个过路的头陀那里弄到了“两把雪花镔铁打成的戒刀”。

《水浒传》里还提到当时市场上可以公开买卖刀具。第七回“花和尚倒拔垂杨柳　豹子头误入白虎堂”,林冲在市场上见一个大汉“手里拿着一口宝刀,插着个草标儿”,林冲花了一千贯买下了这把宝刀。第十二回“梁山泊林冲落草　汴京城杨志卖刀”,杨志在东京用完了盘缠,只好“当日将了宝刀,插了草标儿,上市去卖”,只是一路上走了两个时辰也没能卖掉。

由工具发展而来的刀

远古时代作为工具的刀,是从狩猎时的剖割石器、刮削石器发展而来的。中国境内目前出土的年代最久远的金属刀具,是在马家窑文化遗址中发现的青铜刀,距今已有四千多年。河南殷墟出土的商代青铜刀大多是弯背小型,不大可能用作武器,仍然是剖割或刮削的工具。春秋战国时期,各种刀具主要是社会各阶层普遍使用于刮削、剖割的工具,以至于齐国等国家流通的青铜铸币都是刀状的“刀币”。因为青铜比重大而强度不够,当时的青铜刀具还不能适用于劈砍,在文献中也找不到当时的军队使用刀为武器的记载。

随着炼铁技术的发展,汉代开始用各种长短刀装备军队。另外,由于汉代骑兵大盛,刀背厚实不会在劈砍时折断,因此刀取代剑成为骑兵的利器。如《汉书·匈奴传》中记载,匈奴军队“长兵则弓矢,短兵则刀铤”。汉朝军队也广泛装备刀。据《汉书》记载,袁盎被即将反叛的吴王拘押,有个曾得到他恩惠的士兵为报答他,灌醉了卫兵,“引刀决帐”,带他脱离险境。汉代将军也往往佩刀代剑。飞将军李广随大将军卫青出击匈奴,因所属部队迷途而失误战机,被告发受审。李广不愿受此侮辱,“引刀自刭”。苏武出使匈奴,匈奴首领强迫他投降,他“引佩刀自刺”。

刀是一种单手使用的“短兵”。若步兵作战全凭短刀,就很困难。《汉书》记载李陵率步兵远征匈奴,箭矢用尽,仅凭“尺刀”无法打退匈奴进攻,最终失败。东汉末年开始将刀装在木柄上,便于双手把握,成为一种“长兵”,号为“长刀”。到了唐代,长刀成为标准装备;此时又创制了一种双刃长刀,称为“陌刀”,是重要的步兵武器,还设置专门的“陌刀将”。

《水浒传》故事发生的宋代,确实是刀具用作武器的高峰时期,军队装备的长刀有七种之多。其中,屈刀、掩月刀、凤嘴刀都是传统的大刀片;而眉尖刀、笔刀则刀身修长,也可用于挑刺的武器;“掉刀”是唐陌刀的发展形式,是两刃尖刀,可刺可砍;戟刀则是将凹刃刀安装在长枪上,被后世小说家称为“方天画戟”。宋代军队装备的短刀只有“手刀”一种,柄后仅有很小的环。

未被禁止的刀

由于刀本身是民间广泛使用的工具,因此历代法律并不明文禁止百姓制造、拥有、携带、买卖刀具。

比如,《唐律疏议》在《擅兴律》中规定,民间不得拥有“禁兵器”。所谓“禁兵器”,是指皮甲或铁甲、弩、长矛(长度超过普通人身高的矛)、“矟”(专指骑兵使用的长度在一丈以上的长矛)、成套的盔甲。拥有者要处一年半徒刑。另外还不得拥有旌旗、幡帜及仪仗,违者处以杖八十。制造者罪加一等。但同时,该条法律又明文规定,弓、箭、刀、斧、短矛都允许民间制造拥有。这项法律在两宋也一直被沿用。

在《水浒传》小说流行的明代,法律也不禁止民间拥有刀之类的轻便武器。《大明律》的《兵律》规定,民间不得私有“禁军器”,包括人或马披挂的皮甲或铁甲,盾牌、“火筒、火炮”,以及“旗纛號带”(军旗、战鼓、号角等)。有禁军器一件的处杖八十,每一件加一等,私造者加私有罪一等,但最高只处刑杖一百、流三千里。除此以外,“其弓、枪、刀、弩及鱼叉、禾叉,不在禁限”。明律的注解也说:“皆民间之所宜有,故从其有而不在禁限。”

因此,无论在水浒故事发生的宋代,还是在《水浒传》小说流行的明代,如同这些故事里所描写的一样,民间确实可以自由制造、拥有、买卖各种刀具。

唯一的例外

历史上只有元朝的法律禁止中原地区百姓拥有包括刀具在内的所有武器。《元史·刑法志》载,元代法律规定,禁止汉人持有兵器;民间私藏全副盔甲的,要处死刑;私藏枪、刀、弩有十件以上者,处死;私藏五件以上的,处杖九十七、徒三年;私藏四件的,杖七十七、徒二年;即便是"不堪使用"的枪、刀、弩,也要处笞五十七;甚至规定各地庙宇里的神像仪仗也只能使用土木纸彩制造,不可使用真兵器;还禁止民间私藏铁尺、铁骨朵,及含刀的铁拄杖。

不过,元朝法律规定汉人五家共一把菜刀之类的传说并非事实。同样在《元史·刑法志》中,可以看到另外一条规定,并不禁止民间私铸铁制农器和工具,诸如"锅、釜、刀、镰、斧、杖"之类。

清朝全面沿袭明朝法律,也不禁止百姓拥有刀。只是有一些单行条例试图限制民间带刀。比如雍正六年(1728年),专门规定四川、贵州等地的苗族部落百姓不准带刀出入,否则按照禁军器法律来处罚。雍正十二年(1734年)有条例规定,官员出差、赴任、回籍,以及商民出外贸易,如有携带军器途中防护者,"在京取具兵部印票,在外取具该差遣衙门及该地方官印票，注明所带件数，以备出城沿途照验”；到了目的地后，限一月内缴销；隐匿原票不缴者，要处笞四十。按照清末法学家薛允生的考证，这些条例很快被视同具文，未获切实贯彻。

统治者的自信

为什么历史上法律一般并不禁止民间拥有刀？

首先，上文已经提及，刀是民间重要的生产和生活工具，统治者也知道，是民间的生产活动在养活朝廷，统治者既没有必要也没有办法完全禁绝民间所有可当作武器的工具。

其次，要禁绝民间的刀具，实施的成本实在太大，不仅在政治上会丧失民心，引发反弹，而且在实际操作层面上也极其困难。民间很容易就可以“化犁为剑”“化锄为刀”，政府防不胜防。

再次，古代的法律一直强调民众参与维护社会治安的责任，至少从商鞅变法开始，法律就赋予民众揭发犯罪、制止现行犯罪的责任。湖北云梦睡虎地出土的秦墓竹简《法律答问》中有一条规定，发生入室抢劫时，被害人呼喊救命，四邻以及当地的居民头目都必须立即出来相助；如果没有立即出门相助的，事后审查，除能够证明确实当时不在家的邻居可以免罪外,不能证明外出的邻居以及本地的居民头目,都必须处罚。《唐律疏议·捕亡》专门设立“道路行人不助捕罪人”的罪名,规定当官方在追捕罪犯时,呼喊道路行人前来帮忙,“其行人力能助之而不助者”,处杖八十;只有在间隔河道、泥滩、山谷之类,以及行人正在为官府送信或在求医奔丧途中的,才可以免罪。另外一条规定“诸邻里被强盗及杀人,告而不救助者,杖一百;闻而不救助者,减一等”。如果因为年老病残难以施救,应该立即报告官府,如果不去报告的,“亦以不救助论”。以后各代的法律都有类似的内容。在这样的法律背景下,允许民间拥有刀具之类的“短兵”,也就容易理解了,毕竟,统治者不能要求百姓赤手空拳地去制止犯罪。

最后,在冷兵器时代,统治者拥有的武装力量对于民间可能会发生的武装反抗,实际上并不具备压倒性优势。从陈胜吴广起义以后,农民造反动摇甚至推翻皇朝的情况不胜枚举,给历代统治者留下了马上得天下、但不可马上治天下的深刻教训。换言之,绝不可单纯依靠高压政策来维持统治,总是要有一些让百姓能够接受或容忍统治的措施。唐宋明统治者有这样的自信,而不那么自信的元朝最终未满百年就被揭竿而起的百姓推翻了。

6. 能否到处“大碗喝酒”？

《水浒传》第二十九回“施恩重霸孟州道　武松醉打蒋门神”里，武松为替金眼彪施恩夺回快活林酒店，要去惩治恶霸蒋门神。出发前他与施恩约定，每路过一个酒店就要喝三碗酒，“无三不过望”。施恩说：“快活林离东门去有十四五里田地，算来卖酒的人家也有十二三家，若要每店吃三碗时，恰好有三十五六碗酒，才到得那里。恐哥哥醉了，如何使得！”武松大笑道：

> 你怕我醉了没本事？我却是没酒没本事。带一分酒便有一分本事。五分酒五分本事。我若吃了十分酒，这气力不知从何而来。若不是酒醉后了胆大，景阳冈上如何打得这只大虫！那时节，我须烂醉了好下手。又有力，

又有势！

结果武松一路上喝了几十碗酒，果然一出手就打倒了蒋门神。

随处可见的酒店

看《水浒传》，读者印象最深的商业设施莫过于酒店。全书提到店铺的有好几百处，专门指明是酒店的就占到近三分之一。

醉打蒋门神的快活林，据作者交代，坐落在孟州东门外一处市井，“山东、河北客商们，都来那里做买卖，有百十处大客店，三二十处赌坊、兑坊”，是个热闹地段，所以从孟州东门出去一路上有这么多的酒店，还比较容易理解。可是，小说里提到的很多乡村荒僻地段，也都有酒店。比如第十五回“吴学究说三阮撞筹　公孙胜应七星聚义”，三阮兄弟居住的石碣村，“倚山傍水，约有十数间草房”。见吴用要和他们三兄弟喝三杯，阮小二说“隔湖有几处酒店，我们就在船里荡将过去”。到了隔湖的石碣村镇上，四人在水阁上喝酒吃肉。第三十六回“梁山泊吴用举戴宗　揭阳岭宋江逢李俊”，宋江与两个押送公人“奔过岭来。行了半日，巴过岭头，早看见岭脚边一个酒店,背靠颠崖,门临怪树,前后都是草房,去那树阴之下挑出一个酒旆儿来”。这么荒凉的山路旁居然也有酒店。

梁山好汉里开酒店的也有不少。比如孟州开十字坡酒店的菜园子张青和母夜叉孙二娘,济州道上开酒店的操刀鬼曹正,江州开揭阳岭酒店的催命判官李立。为梁山开耳目酒店的旱地忽律朱贵,他的弟弟笑面虎朱富则在沂州家乡开了酒店。

小说中的好汉一见面,总是要到酒店里喝几碗。商量事情,也总是到酒店喝几碗。那么在形成水浒故事的北宋,真是这样行一二里地就有酒店,可以让过路的好汉及客商们随时随地“大碗喝酒”吗?

传统的“酒法”

酒是古代世界最常用的饮料之一。中国古代酒类主要是用谷物酿制而成,酒被视为谷物之精,用于祭祖、祀天、敬老、祝节等隆重场合。为了节约粮食,防止聚众饮酒惹起事端而破坏社会秩序,古代统治者很早就制定了禁酒的法令。西周初年(约公元前11世纪),周武王之弟姬封被分封于殷商故地卫国,管辖殷遗民七族。由于殷商末年统治者饮酒无度以致亡国,因此周公旦特作《酒诰》告诫姬封,要防止酗酒风气传播,禁止聚众饮酒,甚至以死刑威胁。这是中国历史上第一个禁止饮酒的法令。

后世禁止聚众饮酒成为传统的法令。如《汉律》规定:三人以上无故群饮酒,罚金四两。然而,秦汉时期,允许百姓在特定时刻开怀畅饮成为统治者一种恩典的做法,并被后世长期保留。公元前222年,秦王为庆祝平定韩、魏、燕诸国,下令“天下大酺”。据《史记·正义》解释:“天下欢乐大饮酒也。”此后,这成为传统,各朝沿袭,每当朝廷庆典,便发布赐酺令。据史料统计,从秦至宋,总计赐酺共九十八次。在水浒故事发生的宋朝,有九次。

一方面,为了稳定社会秩序禁止聚众饮酒;另一方面,为了节省粮食,历代统治者还往往禁止酿酒、沽酒(卖酒)。西汉景帝时(公元前157—前141年),由于发生旱灾,曾下令禁止卖酒四年。从此,这便成为惯例,每当发生灾荒,都由皇帝发布禁止卖酒的法令。据史料统计,从西汉景帝至清朝,共有四十五次禁沽令。

因此,在古代历史上,随时随地“大碗喝酒”,往往是触犯国家禁令的行为。

宋代的“榷沽”

在禁饮酒、禁沽的同时,酿酒业的优厚收入也使朝廷觊觎。《商君书·垦令》记载,战国时商鞅主持秦国变法,曾规定对酒业按照造酒成本的十倍来征税。汉武帝天汉三年(公元前98年),在盐铁官营的同时,“初榷酒酤”(榷字本来是独木桥的意思,就是朝廷独占酒利),实行酒专卖。各地设立“榷酤官”,实行官酿酒、官卖酒,禁止私人酿酒、卖酒。这是历史上第一个酒类专卖法令。汉武帝死后,在公元前81年盐铁会议的同时,停止榷酤,改为征酒税。

以后历代基本沿用酒税法。“安史之乱”发生后,在公元783年,唐朝下令全面“榷酤”,规定除京师长安地区外,“天下悉令官酿”,禁止民间私行酿酒、卖酒,各州县开设官酒坊,酿卖官酒,每斛价格三千文,“直虽贱,不得减二千”。唐末五代时期,基本沿袭这项制度。

在水浒故事发生的北宋,恰恰是历史上酒专卖最严厉、名目最繁多的时代。宋太宗太平兴国二年(公元977年)“初榷酒酤”,在各州州城以上的城市设立酒务,专门负责酿造发卖官酒。州之下的县、镇、乡、闾允许民间买官曲制酒发卖,但只要有利可图,也要设立酒务由政府专卖。宋神宗熙宁十年(公元1077年),全国府、州、县、镇共有酒务一千一百六十四处。宋徽宗大观四年(公元1110年)还进一步规定实行“榷醋”,凡县、镇、村,一律禁止私人卖醋。

为了确保酒利收入,北宋在开设官营酒坊后,又普遍推行“扑买”(或称买扑、扑卖)之法,即采取包税制。北宋王安石变法时,于公元1071年进一步完善“扑买法”,规定州、镇、军、戍等地酒坊经营不善而欠缺酒课者,允许民间扑买。官府于半年前出榜招人承买,愿扑买者,在两个月内自行“实封投状”,提出扑买价格,至规定日期当场开封检状,由出价最高者承买;如出价相同,先投状者承买。和今天的投标不一样的是,承买官营酒坊的承买人必须在期限内预先付清三年的承包价格;相应地,得到的好处是在三年内获得该区域的垄断权,他人不得经营。这让朝廷能迅速获得实利,又不必负担自行经营的风险。

北宋时期私设酒店卖酒构成重罪,私酒入京城周围五十里或西京及诸州城周围二十里,数量在两三石以上者,就要处死刑;私酒入有官酒务的城镇四五石以上者,也处死刑。因此在水浒故事发生的时代,根本不会有小说里那种酒店遍布城乡的情况。

没有了“酒法”的时代

两宋以后的蒙元时期,依然有着种种“榷酤”,或着专门征收酒税的法律。酒业依然是朝廷的主要财政收入之一。

元末红巾军大起义，推翻了元朝在中原地区的统治。明朝初年的统治者认真总结了宋元时代的政治经验教训，认为宋元时期广泛实行的盐铁酒醋之类的专卖制度，虽然给朝廷带来了巨额的收入，但是也引发了社会矛盾。明初著名谋士刘基在他的政治寓言《郁离子》中认为，法律“有古今之通禁，有一代之私禁”。前者如杀人、伤人、强盗之类，必须立法严禁。后者就是指盐铁酒醋之类，为了朝廷专卖利益而设置的禁令，出发点不过是与民争利，百姓只是为了民生才触犯这些禁令，应该予以赦免。

因此，明朝开国后，废除了延续千年的酒专卖以及对酒业征收特别酒税的制度，既不榷酤，也不征酒税。只是对于造酒原料之一的酒曲征收“曲税”，逃税者也无重罚，最高不过是处以笞五十。自此，酒业完全对民间开放。《水浒传》小说里这种好汉们所到之处都能够“大碗喝酒”的情形才得以真正出现。

7. 衙门里的“戒石”

衙门里的石碑

《水浒传》第八回提到开封府衙的景象:“绯罗缴壁,紫绶卓围。当头额挂朱红,四下帘垂斑竹。官僚守正,戒石上刻御制四行;令史谨严,漆牌中书低声二字。”可见衙门里有块叫做“戒石”的石碑,上面刻写的是四行“御制”(即皇帝亲自下达的命令)。而且,这个“御制”针对的是官僚群体,要求他们能够“守正”,也就是能够走正道。

小说第六十二回又提到大名府衙里也有这样的戒石。玉麒麟卢俊义的管家李固与卢俊义老婆通奸,当卢俊义吃了冤枉官司被捕入狱后,李固向大名府衙看管监狱兼行刑刽子手的铁臂膊蔡福行贿,拿了“五十两蒜条金”,请蔡福设法在监狱里暗害卢俊义。蔡福笑道:“你不见正厅戒石上刻着‘下民易虐,上苍难欺’?你的那瞒心昧己勾当,怕我不知?你又占了他家私,谋了他老婆,如今把五十两金子与我,结果了他性命。日后提刑官下马,我吃不的这等官司!”

那么,这个“戒石”究竟是什么东西?古代真的在衙门里设立有专门劝诫官僚的石碑吗?

由来已久的“官箴”

确实就是这样!戒石是设置在衙门里劝诫官员“廉政”的设施。

由朝廷下达倡导“廉政”的文告,希望官员能够对自己高标准、严要求,这是中国历代王朝的惯例。据清代学者赵翼在《陔余丛考》中的专门考证,对官吏颁布种种劝慰、勉励的箴文,由来很早。《尚书·商书·伊训》就有“儆于有位”的说法;汉朝大文豪扬雄写过《卿尹州牧箴》二十五篇,以后崔骃、胡广又增写《百官箴》。至于在衙门里立石刻碑,将这样的“官箴”来个“广而告之”的,据说首创者是隋朝的何孚。他原来是隋文帝的宠臣,后来被“下放”到龙州当刺史,为自己写了《刺史箴》,叫人刻写在石碑上,安放于州衙门之外。

这些事例虽都记载于历代正史,而正史大多是按照儒家观念编写的,但实际上,在法家当道的秦代,也非常注重这种劝诫官吏的文告。湖北云梦睡虎地秦墓出土的竹简中,就有一篇“为吏之道”,专门讲述如何当好官。这个文告将近一千五百字,全面论述做官应具备的素质,提出“吏有五善”:“忠信敬上”(忠诚朝廷)、“清廉毋谤”(廉洁自律)、“举事审当”(谨慎执政)、“喜为善行”(多干实事)、“恭敬多让”(不争权夺利);同时表明“五者毕至,必有大赏”。同时,又告诫“吏有五失”,包括夸夸其谈、不认真办公、犯上、喜欢钱财、傲慢、举措不恰当、多说少干、非议上级等十多项过失。同时出土的还有当时秦朝的南郡郡守向郡内各级官吏发布的“语书”。这也是劝诫官吏的文告,其中强调凡是好的官吏“明法律令,事无不能”(即精通法律就无所不能);再加上廉洁勤恳,就足以胜任官职。

流传千年的“戒石铭”

在衙门里设置的廉政设施,流传时间最长、地域最广的,就是所谓“戒石铭”了。它原来是五代十国时期的后蜀之主孟昶(公元934—965年在位)所撰写的官箴,颁发给各地州府。当时全文共二十四句,九十六个字。

朕念赤子，旰食宵衣。言之令长，抚养惠绥。政存三异，道在七丝。驱鸡为理，留犊为规。宽猛得所，风俗可移。无令侵削，无使疮痍。下民易虐，上天难欺。赋舆是切，军国是资。朕之赏罚，固不逾时。尔俸尔禄，民膏民脂。为民父母，莫不仁慈。勉尔为戒，体朕深思。

后来北宋灭了后蜀，宋太宗赵匡义从前述“戒石铭”中选了四句十六个字“尔俸尔禄，民膏民脂，下民易虐，上天难欺”，亲自抄写，颁给地方官吏。到了南宋高宗年间，皇帝又命令文人黄庭坚书写这四句“命州县长官刻铭座右”，作为官员的“座右铭”。

到了明朝，明太祖朱元璋又下令把这块戒石放大，搬到大堂院落的中央，正对着大堂内长官坐堂的公座，让长官审案时抬头便看见这儆戒官箴，于是低头思考天地良心。为了保护这块戒石，往往在戒石上加盖亭子，或把戒石作成牌坊式样。戒石朝南的一面往往刻写“公生明”三个大字，即儆戒进出大堂官吏的意思。

起点很低的廉政要求

读一下“戒石铭”，会觉得这个廉政要求的起点很低。简短的四句话,主要是激发官员的“天地良心”,试图用感化的办法,以防止官员滥用权力压榨民众的弊病。铭文前面两句点出官员收入的来源,希望官员能够对民众有感恩之心;后面用上天施行的因果报应来进行恐吓。对于一个狠心虐待民众而不那么相信报应之说的官员,这个劝诫没有丝毫威慑力。

南宋时期,民间已经有人公然嘲笑这个“廉政”举措——在戒石铭每句之下,各添一句加以嘲讽:“尔俸尔禄,难称难足;民脂民膏,转吃转肥;下民易虐,来的便著;上天难欺,他又怎知?”(俞文豹《吹剑续录》)

对“戒石铭”的批判

后世批判这个“戒石铭”最激烈的,是明末清初的思想家王夫之。他在《宋论》一书中专门有一篇文章,集中批判“戒石铭”。王夫之认为,这个铭文是“儒术不明,申韩杂进”,混入了法家思想的夹生的道德宣言,而且破坏了“人道之大经”(做人最基本的道理),“蔑君子之风操”(侮辱了士大夫的情操),还会引导臣民丧失原本应该具有的“忠厚和平之性”,从而斤斤计较于利益、互相仇视。

首先,说官吏的俸禄是民膏民脂,“则天子受万方之贡赋,愈不忍言矣”。这就把皇帝是最大吸血鬼的秘密说穿了,“是之谓夷人道之大经也”。

其次,皇帝要对官吏说,“吾取民之膏脂以奉汝”。此乃辱人贱行,至于此极,是以谓毁君子之风操也。

再次,这个说法推而广之,则小官认为大官和自己一样是吸血鬼,而儿子也可以说老子是吃他的膏脂了。这样就动摇了整套封建道德,于是,“趋利弃义,互相怨怒,而人道夷于禽兽矣”。

复次,戒石铭公开了“下民”与官吏谁养活谁的道理。“倡其民以嚣陵讦谇之口实,使贼其天良,是之谓导臣民以丧其忠厚和平之性也”。这在王夫之看来,是最严重的大逆不道。

最后,“上天难欺”四个字,正说明皇帝无法控制贪官,只能加以恐吓。而且,“敬天,而念天之所鉴者,惟予一人而已,非群工庶尹之得分其责也”,即与天打交道的只能是天子一人,怎么可以把这个权力下放呢?因此,王夫之认为,“君天下者,人心风化之所宗也,而可揭此以告天下乎”?可惜他只是个“在野派”,否则,一定要把各地戒石砸烂而后快。

三

《西游记》

《西游记》是一部改编自既有传世作品的小说。现存的最早版本是在万历二十年(公元1592年)金陵世德堂刊行的,并没有注明作者。现在一般认为该作品是吴承恩创作的。

玄奘冒险到印度取经,这在唐朝便成为传奇性事件,其门徒编写的《大唐大慈恩寺三藏法师传》已经开始大量穿插神话故事。到了宋代,《大唐三藏取经诗话》已经有了基本的取经故事线索。元朝末年的《西游记平话》一直流传到明朝,从其内容片断来看,基本框架是和《西游记》相似的。在明代,《西游记》是非常流行的小说。比如当时的朝鲜人汉语读本《朴通事谚解》中,便记有"《西游记》热闹,闷时节好看"。

鲁迅在他的《中国小说史略》中将《西游记》归入神魔小说类型,但他赞同胡适的观点,着重指出这部小说"虽述变幻恍惚之事,亦每杂解颐之言,使神魔皆有人情,精魅亦通世故,而玩世不恭之意寓焉"。所以,《西游记》讲的是神话,但其能够广为传播的主要原因,在于它那提炼人世间普通生活的漫画式笔法,以及充满调侃的语言魅力。

《西游记》的人物形象极其生动,主人公实际上已经从取经人唐僧转变为护卫者——孙悟空。而孙悟空的经历也是和《水浒传》的好汉们相仿,即反抗整个仙界既存秩序失败后,转而进入"体制内",护卫唐僧取经,降伏了一路的妖魔鬼怪,既为弘扬佛法作出了贡献,也让自己“终成正果”,“立地成佛”。

小说毫不隐讳仙界秩序的荒唐与混乱。妖怪大多是摆脱仙界正轨、祸害尘间凡人的神仙及其下属。同时,有太多的维持仙界秩序的大仙只顾忙于自己的修炼,或者热衷于勾心斗角,对于下凡作恶的妖怪不管不顾。孙悟空为降伏妖怪到仙界寻求帮助时,经常会遭遇推诿勒索,这显示出仙界对于人间的冷漠与无情。作者实际批判的就是当时社会的统治集团,只是他小心翼翼地将批判笼罩在“因果报应”“轮回循环”的解释话语体系之中,因此,往往给读者留下一种玩世不恭的处世态度的印象。

1. 堪比取经的仕途

开始苦难的旅程

看过《西游记》的读者都知道，主人公唐僧一出生就历经磨难。九九八十一难的第二难、第三难是“出胎几杀”“满月抛江”。说的是他父亲陈光蕊考为状元，被朝廷授予江州州主，带了新婚妻子前去赴任，不料在途中被强盗刘洪杀死。刘洪霸占了陈光蕊的妻子温娇，居然带上官凭（任命书）、穿上官服，像模像样地顶替了陈光蕊到江州上任。温娇当时已经怀孕，到江州后产下婴儿被迫抛江（实际上小说的描写是刚生育就抛江，是两难并一难）。幸好婴儿被金山寺的长老搭救，取名“江流”，长大后剃度为僧，法号玄奘。十八年后，玄奘回到江州，寻找母亲，报仇雪恨。

《西游记》的这段故事好像并非完全凭空虚构,在明代小说里常有新官赴任途中遭遇不测的类似故事。比如《警世通言》第十一卷“苏知县罗衫再合”,讲的故事和《西游记》这段故事相近:永乐年间,进士苏云赴浙江兰溪县当知县,半路上遭强盗徐能抢劫,徐能将苏云抛入大江,而苏夫人被徐能兄弟徐用私下放走。徐能抱走苏夫人刚产下就抛弃的婴儿,养为己子,取名徐继祖。十九年后,徐继祖中了进士,选授监察御史,往南京“刷卷”(清理档案),正好接到流落民间的母亲递交控告徐能的状纸。于是,他为父母报仇,又找到苏云,全家团圆。

又如《拍案惊奇》卷二十七“顾阿秀喜舍檀那物　崔俊臣巧会芙蓉屏”中,元朝时崔俊臣去温州赴任,在苏州河道里遭劫。自己水中逃生,妻子逃到一个尼姑庵藏身,只因他在芙蓉屏上题诗,才夫妻团聚。

再如《醒世恒言》第三十六卷“蔡瑞虹忍辱报仇”中,描写蔡瑞虹父亲蔡武被委任为湖广荆襄等处游击将军,其在赴任途中被船家陈小四杀害。蔡瑞虹虽然幸而保全性命,但先遭污辱,后又被迫为商人妾,迭经转卖;而她忍辱负重,最终报仇雪恨。

强盗去做官

如同《西游记》那样强盗顶替到任做官的,也是明代小说常见的故事。比如《五色石》第二卷"仇夫人能回狮子吼　成公子重庆凤毛新",描写明朝嘉靖年间新科进士樊植被任命为扬州太守,取旱路单身前往赴任。不料,他在济南地方遭到响马抢劫,被带到山寨囚禁。山大王符雄和二大王权正商量:"目下寨中正缺粮草,方才拿得个扬州赴任的官员在此,我意欲选个精细头目,取了他的文凭冒名赴任,再着几个孩儿们扮了家丁同去,到彼处吊取些钱粮来应用。"二大王说:"此计甚妙,但宜暂不宜久,限他赴任二月之内便起身回寨,不可逗留,以致失事。"于是,他们派了头目权小五顶替樊植去扬州上任。权小五顶替到任后,照官样作威作福,急征赋税。当樊植的妻子千里寻夫到来时,权小五把她关押在内衙。为了防止樊植的亲戚前来投靠,他还出告示禁止店家收留自称是太守亲戚的人。想不到樊植的小舅子来扬州,见知府出巡,又不是自己姐夫,就到巡按御史衙门告状。地方官也觉得新太守可疑。御史设计抓住权小五,审出实情,救出了樊植妻子。后来他上奏朝廷,起兵围剿济南地方的响马。樊植才得以脱身。

《清朝野史大观》里收录的"绿林太守"故事,几乎和上述的樊植故事如出一辙。康熙初年,有个姓郭的新任池州知府在赴任途中被劫杀,妻子、孩子被强盗掳掠。强盗冒名到池州上任,做官居然头头是道,还被上级认为是"政理精明"。只是征收到的钱粮迟迟不愿起解,使上级官府有点不满意。郭氏老家前来探望的亲戚都被这强盗杀死在内衙。后来也是一个妻舅比较精细,没有径直到内衙求见,而是在路上观察知府模样,发现不是自己的姐夫后,又化装成挑水夫混入内衙,得到姐姐的密信,遂赶紧到上级衙门报警。上级派兵抓住了这个"绿林太守",搜查库房里已存银八万两。审问结果,原来强盗是打算收足十万两税银后再运回山寨享用,想不到他在最后关头被揭穿了。

令人惊叹的体制

小说里的这些故事想来应该是有一定的事实依据的。中国是一个在古代世界里难以想象的中央集权大国,这么辽阔的国度里,所有的地方官员(至少在隋朝以后)都是统一由中央选择并派出的。官员们往往要花费几个月的时间,走上几千里路,才能够到达任所。如果所有的派出官员都要军队护送,这笔开销是任何一个朝代也承受不了的。虽然在主要的干道都部署了驿站,有沿途的州县基层政府维持干道沿线的治安,但是在干道以外通往偏僻地区的小路,安全则难以保障。这是官员们赴任时即使借高利贷也要凑起一支较大的随行队伍的主要原因。

另外,证明官员身份的只是一张有朝廷大印的书面文件,上面当然没有照片之类可以核对确系本人无误的东西。即使是"告身""官照""官凭"之类证明官员身份的文件,最多也只是写着"面白无须""身长头方"之类的体型特点。而且跟上级机关的距离一般也都在百里开外,即使要与派出官员的朝廷吏部进行核对,同样也要经过累月的时间。在"天高皇帝远"的地方竟能够维持这样的体制如此长时间,才真是值得惊叹的事情。

2.“急急如律令”

充满魔力的咒语

《西游记》第三十五回“外道施威欺正性　心猿获宝伏邪魔”,讲的是孙悟空大战平顶山三怪的故事。这平顶山三怪有几个宝贝,其中一个葫芦、一个玉瓶,只要叫了人名字,那人如果一答应,立刻就可以将那人吸进去,并把人化为脓水。孙悟空起初不知道这宝贝的厉害,被吸进去一回,好不容易脱身出来,变了个假葫芦让妖怪拿,自己偷了真葫芦再来叫战。“急纵筋斗,跳起去,将葫芦底儿朝天,口儿朝地,照定妖魔,叫声‘银角大王’。那怪不敢闭口,只得应了一声,倏的装在里面,被行者贴上‘太上老君急急如律令奉敕’的帖子”,不一会儿就被化成了脓水。

这里的“太上老君急急如律令奉敕”的封条,是借助神力封闭葫芦口,不让妖怪逃脱。这句“太上老君急急如律令奉敕”就是道教经常使用的一句咒语,表示被召唤来的神力要执行太上老君的命令,就如同按照法律严格执法、严格遵循皇帝“敕令”那样,不得有误,违者必究。

这条咒语是《西游记》小说成书时,道教的道士们在举行仪式时最常使用的咒语。道教咒语经常使用“如律令”“急急如律令”这样的句式,除了“太上老君急急如律令”外,还可以呼唤其他道教神仙的名字,比如“元始天尊急急如律令”“神霄玉清真王急急如律令”“九天玄女急急如律令”等。有些专门的咒语要呼唤专门的神仙,比如“落幡咒”结尾就是“急急如玉皇上帝律令”,“金光神咒”结尾是“金光速现覆护真人急急如玉皇光降律令敕”。也有的咒语只是要求“急急如律令”,如“净天地神咒”结尾“凶秽消散,道炁长存,急急如律令”。召集神兵收妖破邪的“开旗咒”:“五雷猛将,火车将军,腾天倒地,驱雷奔云,队仗千万,统领神兵,开旗急召,不得稽停。急急如律令!”

在道教的很多经典里,也有这样的咒语,比如《太上老君枕中经》的每一段落都是以“急急如律令”结尾。

曾经至高无上的“律令”

“如律令”的字面意思,就是按照律令的规定行事。而“律令”,是秦汉时期对于朝廷制定的正式法律的统称。

中国古代的法律,在春秋以前一般称为“刑”,春秋时期一般称为“法”,到了商鞅在秦国主持变法时,为了强调法律的神圣性质,“改法为律”(将朝廷制定的成文法典的名称从“法”改称为“律”)。律字的右半部分“聿”,原为右手持竖笛的象形,由于竖笛很可能是人类最早制造的乐器(目前国内年代最早的,是湖北出土的约9000年前的骨笛),很早以前就用于为其他乐器确定音调,“聿”字的原义即表示“定音”。加上表示规范、遵循的部首“彳”,引申为“音律”(声音的规律)。由于确定音律以及乐器需要精准的度量,从而又引申出“恒定标准”的字义。以后又扩大指所有不以人们意志为转移的规律性现象,如天文星象、历法等。商鞅变法的“改法为律”,以“律”称呼国家颁布的正式成文法典,就是表示法律的稳定性不以人的因素转变。后世历代朝廷正式法典都以“律”为名,而日常用语中往往将法律联称。

在秦汉的时候,“令”是单行法规的意思。湖北云梦睡虎地秦墓出土的秦国法律文件《语书》中载明:“法律未足,民多诈巧,故后有閒令下者。”意思就是,因为法律不够完善,隔一段时间就要发布“令”来补充。秦汉时期皇帝发布的指示统称为“诏”或“制”,其中皇帝认为需要制定为一条法律的,就会特别提示将他的指示“具为令”,或者“著为令”。大臣也可以向皇帝提出立法的建议。大臣拟就的草案经皇帝批准“诏曰可”,就成为“令”。

据湖北张家山汉墓发现西汉初年《津关令》,令文一般都记录立法的过程,谁建议的、谁起草的,以及哪位皇帝最后批准。西汉武帝时期的廷尉(最高法官)杜周有言:“前主所是著为律,后主所是疏为令”。根据这个说法,可以看到秦汉时的立法惯例是:皇帝在世的时候,他发布的“令”都按照类别汇编;等到他去世后,他曾经发布的“令”中被认为有必要继续生效的,就会汇编到相关的“律”中,成为新的律条。由此,“律令”联称,以表示最高效力的法律。

迷信法律时代的产物

道教是在西汉时期逐渐形成的,带有那个时代的烙印。当时的社会还是一个非常迷信法律的社会,法律被认为具有最高的权威。汉朝的政治、法律传统完全来自秦朝,而秦朝是一个以“变法”而强盛、以法治而成就统一大业的朝代,法律的传统由商鞅变法后延续了三个世纪,塑造了崇尚法律、迷信法律的社会风气。

商鞅变法时在秦国推广法治,强调官府以及民间各种活动都必须依照法律。《商君书·君臣》里说:“故明主慎法制。言不中法者,不听也;行不中法者,不高也;事不中法者,不为也。言中法,则辩之;行中法,则高之;事中法,则为之。故国治而地广,兵强而为尊,此治之至也。”意思是:明智的国君严肃慎重地对待法制。言谈不符合法的,就不听从;行为不符合法的,就不推崇;事情不符合法的,就不去做。相反,言谈符合法的,就听从;行为符合法的,就推崇;事情符合法的,就去做。这样,国家就治理得好且国土能扩大,兵力就强大且国君有尊严,这是最理想的治理。总之,在他看来,法律是国家政治事务的唯一标准。

商鞅甚至规定民间不得“私议”法律的好坏。据说商鞅刚开始变法时,有百姓到朝廷宫门前请愿,反对变法,商鞅把他们全部都迁到边远地区居住;过了三年,百姓开始尝到变法的好处,又有百姓到朝廷宫门前歌颂商鞅变法的功绩,商鞅照样把他们全都迁到边远地区居住。显然,他认为法律根本就是只能盲从、不得议论的体系。秦始皇统一全国后,又颁布“焚书令”,要求民间将非技术类的书籍——包括诸子百家的学说、各国的史书之类,全部上缴烧毁,不得传授、学习。如果想要读书的,“以吏为师”,学习朝廷的法律就可以了。

湖北云梦睡虎地秦墓出土了一篇当时秦国南郡郡守、名字叫“腾”的长官所发布的“语书”(对于下级官员的训令)。其中就说“凡法律令者,以教导民,去其淫僻,除其恶俗,而使之之于为善也”。法律是教育民众的最重要的东西,而且也是官员们必须遵守的规章。这个法律文件又说:“凡良吏明法律令,事无不能也。”显示出那个时期人们简直把法律当成了万能的工具。

开创汉朝的皇帝以及一些主要的大臣都是秦朝时候的基层官吏,在迷信法律的环境里成长。因此,西汉时期,法律仍然得到重视。尽管西汉一建立就废除了禁止百姓收藏书籍、传授学问的禁令,可是民间“以吏为师”学习法律的风气,仍然甚于学习诸子百家。有很多世代传授法律的家族,如东海于氏、颍川郭氏、沛国陈氏等,都是家中聚徒数百,累世有子弟出任法官。《文献通考·选举考》统计,《汉书》传记中的人物有二十九个都是做“吏”(政府办事员)出身,其中大多都是“明习法律”。在西汉后期,大臣议论时政,并得到皇帝首肯的意见,仍然是“汉朝制订的法律就是用来惩恶扬善的,条文详尽,不可复加”,是最善最好的标准(《汉书·黄霸传》载张敞语)。

残存的威力

王国维的学术论文集《观堂集林》第三册有考证“如律令”的专门文章。这篇文章指出,在西汉时期的官方文件里都有“如律令”的惯用语,表示按照已有的法律严格执行。如果是皇帝专门颁布诏书指示某件现存法律尚未明确规定的事务,就会写上“如诏书”。在当时普遍迷信法律的社会背景下,民间的契约也往往会写上“如律令”的字句,表明交易的合法性以及必须履约的强制性。

道教是在西汉末年逐渐形成体系的,由古代的鬼神崇拜、战国时期求仙以图长生不老的方术,以及主张“自然无为”的“黄老”道家的学说等几方面逐渐融会而成。西汉末年有个叫甘忠可的方士编著了道教的经典《包元太平经》,自此道教初具雏形。到了东汉末年,政治腐败、社会动荡,以“太平”为号召的道教迅速流行。

在东汉时期,民间巫师方士已经广泛使用“如律令”作为咒语。比如在民间营造坟墓时,向阴间地主收买墓地的“买地券”,往往要写上“如律令”。在“墓门解除”仪式(使人鬼分途,鬼不殃及生人)中的解除文,末尾也是“如律令”。比如最简单的句式是:“百解去,如律令!”道教本身来源之一就是民间的巫术,这类咒语自然地便被吸收进来。

奇怪的是,在“如律令”成为巫术、宗教咒语的同时,现实社会中法律的地位却正在逐步地衰退。自从汉武帝接受董仲舒“罢黜百家,独尊儒术”的建议后,中央朝廷设立的学术机构逐渐被儒学霸占。而两汉时期实行的“察举”制度,使平民向社会上层的流动途径不必经过学习法律“以吏为师”。朝廷主流意识形态的改变,使议论时政、讨论政策往往引用的是儒家的经典(尤其是《春秋》)、礼教的原则,法律不再是唯一的标准。到了东汉以后,官方文件里不再有“如律令”的惯用语。这一用法在现实生活中也逐渐消亡,只是保留在道教的这些咒语里,成为中国历史上一个迷信法律时代的孑遗。

3. “皇帝轮流做，明天到我家”

“皇帝轮流做”

《西游记》第七回“八卦炉中逃大圣　五行山下定心猿”描写孙悟空被抓到天庭，刀砍斧剁、枪刺剑刳、火烧雷轰，都动不了他一根毫毛。放他到老君的丹炉里炼了七七四十九天，居然还能跳出来大闹天宫。玉皇大帝只得向如来佛求救。如来佛赶来后，孙悟空也不买如来佛的账，大言不惭地说：“常言道：‘皇帝轮流做，明年到我家。’只教他搬出去，将天宫让与我，便罢了；若还不让，定要搅攘，永不清平！”结果，如来佛略施小计，一巴掌把孙悟空打出南天门，压到五行山下，不得翻身。

类似这句“皇帝轮流做，明天到我家”的“常言”俗谚，在中国历史上已经流传了两千多年。按照《史记·项羽本纪》的说法,就在历史上刚定出“皇帝”这个称号不久,这位“始皇帝”大张旗鼓巡视南方会稽的时候,当地的小青年项羽就在迎拜的人群外对他叔父项籍说:“彼可取而代之也!”而带头起来造反的陈胜、吴广,动员群众的口号就是:“王侯将相,宁有种乎!”

而在这皇帝称号出来之前,中国古代的有些思想家对这个问题也已经说得很明白。比如在西周时期,统治者就开始鼓吹“敬天保民”,宣称获得“天命”眷顾而成为国王。战国时期的思想家庄子在《庄子·外篇·胠箧第十》中说:“彼窃钩者诛,窃国者为诸侯,诸侯之门而仁义存焉,则是非窃仁义圣知邪?”意思是说,诸侯与窃贼并没有身份的鸿沟,只有成功与不成功的机遇的不同,而成功了的就可以连“仁义”的美称一并夺到手中了。到了后世,庄子的这句名言也成为著名的俗谚,比如《红楼梦》第二回“贾夫人仙逝扬州城　冷子兴演说荣国府”,冷子兴与贾雨村议论贾府时就引用道:“成则王侯败则贼”。

还有很多民间俗谚表达了这种人们关于身份等级流动交换的观念,显示着草根的智慧。比如,“三十年河东,三十年河西”;“太阳瓦面过,富贵轮流做”;“富不过三代,穷不过三代";"富儿更替做";等等。虽然不像孙悟空讲的那般包含政治野心,却是明明白白地述说着人们对于社会身份等级能够永久流动的期待。

"中国特色"

和其他的世界文明古国相比,中国古代社会在建立起严格的身份等级制度的同时,又允许人们在这个严格的身份等级之中进行纵向的流动。早在战国时期,秦国就建立起军功爵位制度,任何平民都可以凭战功成为贵族,实现从社会下层向社会上层的流动,从而让人们抱有上升到特权阶层的希望。换言之,身份的阶梯是严格的,但是站在阶梯上的人是可以变化的。

和世界其他文明古国长期存在强大的世袭贵族集团势力的情况大相径庭,至少从秦汉时期开始,中国的贵族(包括皇亲血缘贵族集团和军功贵族集团)也是一个有流动性的阶层。根据湖北张家山汉墓竹简中的《置后律》,当时已经采用了减等继承法,除彻侯嫡长子继承彻侯爵位、关内侯嫡长子继承关内侯外,"卿"(即大庶长、驷车庶长、大上造、少上造、右更、中更、左更、右庶长、左庶长这九等爵位)的嫡长子只能继承"公乘"爵位(相当于大夫级别的第八等爵位);以下则逐级降二等继承:五大夫嫡长子为公大夫,公乘嫡长子为官大夫,公大夫嫡长子为大夫,官大夫嫡长子为不更,大夫嫡长子为簪袅,不更嫡长子为上造,簪袅嫡长子为公士。换言之,即使是"卿"这一级别的爵位获得者,也只是经过五代的继承就降为平民。以后历代在功臣贵族爵位的继承上,一般都采取这样的减等继承法,使贵族集团中的大多数成员都逐渐降低地位,直到下降为平民。同时,历代统治者总是尽力设法防止贵族集团直接掌握政治权力,分散、分化贵族集团势力。

中国古代最重要的特权阶层是职业官吏。这个集团本身并不是一个世袭的集团,官吏身份从制度上而言并不能被他们的后代自动继承。从理论上说,任何平民都有可能上升到这个特权阶层中去。或者是通过从事官府办事员工作(刀笔小吏)逐步升迁,或者是通过军功的积累,或者是因为品行优良而得到推荐(举孝廉贤良),或者是通过国家的标准化考试(科举)获得士大夫或"绅士"的特权地位以及出任官职的资格,或者是通过向朝廷提供物资获得爵位和官吏的地位(纳粟、捐纳)。更突出的是中国的武官集团,历代都是以"行伍出身"为主体,从小兵爬到大将是正常的事情;甚至还可以通过"杀人放火受招安"的非常途径来进入这个特权集团。

在中国古代,即使是建立王朝的统治者,也是具有流动性的。刘邦以基层小吏登上皇位,并非千古绝唱,历史上有着太多的成功或不成功的后来人。最著名者便是穷到父母“死无葬身之地”的朱元璋。所以,孙悟空引证的那句俗谚还真是言之有据。

在世界的另一边

把视野放大些,我们就会发现,在世界的很多地方,这样的俗谚是很少见的。尤其是在欧洲,帝王、贵族与平民身份的转换,在很长的一段时间里被认为是不可想象的事情,纵向社会流动的情况相当罕见。

像孙悟空那样试图通过平民造反登上皇位、建立皇朝统治的事件,在西欧中世纪历史上几乎从来没有发生过。西欧历史上不乏农民的起义暴动,但是这些农民起义不会公然打出改朝换代的旗号,缺乏“取而代之”的野心与动力。1525 年在德国施瓦本发生的农民大起义,领导人闵采尔是一名修道士,他率领农民猛烈地报复了残暴的贵族,不过并不打算建立自己的王朝,建立的是选举的政府,直到起义被镇压。法国的神学家加尔文被起义的日内瓦人请去担任领袖,建立的是一个教会组织的城市。

和中国情况最为不同的是,西欧有很长的一段历史时期,军队指挥官只有贵族才能担任。士兵永远是士兵,军官永远是军官:这种差别在他们出生的那一刹那就形成了。所以,在法国大革命时期,当拿破仑——他本人是科西嘉的小贵族家庭出身——作为一名革命军的将领,向他的士兵宣布"每个士兵的背囊里都有一根元帅的权杖"时,那种激励作用是中国人不能想象的,因为那在中国一直是个常识问题。甚至直到第一次世界大战时,欧洲军官的主体仍然是世袭贵族。

由于西欧长期的贵族政治局面,中世纪时西欧人来到中国后,对于中国社会的第一印象,就是没有贵族集团。比如,意大利传教士利玛窦在他著名的作品《中国札记》里就大力赞扬中国社会的这个优点。随之而来的很多耶稣会传教士在发回国内的信件里,进一步宣传中国是依靠读书的"哲人"治理,这在欧洲产生了很大的影响。

早熟的后果

中国在很早以前就确立起社会身份等级保护流动性的制度,实在是一项足以称雄世界的"大发明"。人们可以通过合法的路径,逐渐提升自己的社会地位,改换自己的社会身份等级,给社会带来纵向流动性。这种流动性,为社会上层带来了新鲜血液,也为社会下层带来了活力。

然而,早熟的流动性带来的另一个后果是,人们更注重的是个体命运的转换,注重于个体脱离原本身份等级的可能性,很少会考虑整个社会等级制度的合理性,忽视整个社会阶层转换身份的路径选择,不会进一步思考社会等级本身是否需要取消的问题。更重要的是,当这种对于流动性的认可并非建筑在普遍的、平等的商品货币经济基础之上的时候,当这种等级身份的转换往往可以促成对既存事实的认可的时候,这种早熟的流动性为大量的成功或不成功的改朝换代暴力活动提供了口实。孙悟空引用的这句“常言”,只是这种后果的一个注脚。

4. 凶神恶煞也立庙

要吃童男童女的"灵感大王"

《西游记》第四十七回"圣僧夜阻通天水　金木垂慈救小童"说到，唐僧师徒来到通天河边，无法过河，只得到附近的陈家庄休息。撞见一户人家正在做"预修亡斋"，师徒觉得奇怪，追问原因，原来当地有一座"灵感大王"庙宇，"那大王：感应一方兴庙宇，威灵千里祐黎民。年年庄上施甘露，岁岁村中落庆云"；"虽则恩多还有怨，纵然慈惠却伤人。只因要吃童男女，不是昭彰正直神"。"这大王一年一次祭赛，要一个童男，一个童女，猪羊牲醴供献他。他一顿吃了，保我们风调雨顺；若不祭赛，就来降祸生灾。"这灵感大王居然是一个吃人的魔王。

唐僧师徒听说这大王如此残酷,动了义愤,由孙悟空和猪八戒变身为童男、童女,打算去捉这大王。

> 话说陈家庄众信人等,将猪羊牲醴与行者八戒,喧喧嚷嚷,直抬至灵感庙里排下,将童男女设在上首。行者回头,看见那供桌上香花蜡烛,正面一个金字牌位,上写灵感大王之神,更无别的神象。众信摆列停当,一齐朝上叩头道:“大王爷爷,今年今月今日今时,陈家庄祭主陈澄等众信,年甲不齐,谨遵年例,供献童男一名陈关保,童女一名陈一秤金,猪羊牲醴如数,奉上大王享用,保祐风调雨顺,五谷丰登。”祝罢,烧了纸马,各回本宅。

结果这次孙悟空和猪八戒没能抓住灵感大王。这灵感大王呼风唤雪,冻住河面,欺骗唐僧师徒过河,中途破冰,反倒把唐僧抓了去。孙悟空费了好大工夫,才在观音菩萨的帮助下抓住大王,救出唐僧。原来这灵感大王是一个金鱼精。

受祭祀的凶神恶煞

这种索要童男童女的凶神恶煞在历史上确实不少。比如《史记》记载的“西门豹治邺”的故事,便提到战国时期的魏国邺城就有“河伯娶妇”的习俗,每年要向“河伯”神献祭妇女,地方头目则乘机勒索钱财及“牛酒饭食”。最后,西门豹把巫婆及地方头目都扔到河里,破除了这个迷信。

《西游记》小说成书的时代,中国各地城乡依然有很多这样供奉凶神恶煞的庙宇。这些凶神恶煞虽然不至于要求献祭活人,可它们也和小说里的“灵感大王”一样,是因为惯于作恶,使民间只得供奉它们,以躲避灾祸。

在《西游记》小说成型的时代,从北到南,很多地区都供奉所谓的“五显神”,也叫“五圣神”“五通神”。“五显神”在民间传说里是经常侵扰民间、摄人灵魂、兴妖作怪的恶神,百姓避之不及,只得建庙祭祀五显神以躲灾祸。奇怪的是,这“五显神”的来历众说纷纭。元朝的《三教搜神大全》说唐末时有五位天神降临人间,为东岳泰山神的五个儿子,民间为其盖五通神庙。宋代皇帝屡有封号,南宋末封为天王,王号起首均有“显”字,逐渐又讹称“五显神”。但是这个五显神似乎过于“正宗”,不像明清时民间那个邪神。清代毛祥麟笔记《墨余录》里的说法是:明太祖打下天下后,唯恐多年死于战场的几百万士兵灵魂化为野鬼作祟民间,就给这些阵亡士兵追赠封号,以军队五人为伍的习惯,封赠这些孤魂野鬼为“五通神”,要各地立庙按时祭祀,确保它们有碗饭吃,从而少生事端。可是兵痞们在战时烧杀抢掠惯了,成了鬼仍免不了故态复萌,时常侵扰民间,成了民间百姓惹不起而唯恐奉之不及的妖邪之神。清末薛福成的《庸庵笔记》又记载了北方的另一种说法:五显神实际上就是狐、蛇、刺猬、鼠、黄鼠狼这五种夜行动物的化身,民间总觉得这五种动物很神秘,从而尊为五圣。

官方组织祭祀的恶神

明清时期,政府也正式设立这种恶神的祭坛,这就是所谓的"邑厉坛"(州县雅称邑,故称邑厉坛)。祭祀的"邑厉"就是本地的孤魂野鬼群体。《墨余录·邑厉坛》记载的传说是这样的:当年明太祖刚刚攻下苏州、松江一带,就发生了当地民众的反抗活动。大将军徐达抓了以钱鹤皋为首的一批反抗者,押到南京去处死。不料,行刑时,这些人脖子里喷出的竟然都是白颜色的鲜血。明太祖唯恐这些人的鬼魂化为厉鬼作祟,就下令天下所有的州县城池都要设"邑厉坛",每年按时祭祀当地死去后没有后代亲人的孤魂野鬼,防止鬼魂作祟。

明清时期州县的"邑厉坛"一般都建在州县城的北郊,每年的清明、七月十五、十月初一,由州县长官亲自主持"祭厉"仪式,祭祀本地的无祀鬼魂。祭祀活动的前三天,州县长官要斋戒沐浴更衣后到城隍庙烧香,焚烧一道黄纸写的“告城隍文”,恳请城隍神发号施令,勾摄一境之内的无祀鬼魂在祭厉的那天都到厉坛去享用祭品。这道照会式表文于明初规定后,毫无变更地沿用到清末:

> 谨于某年某月某日于城北设坛,置备牲酒羹饭,享祭本境无祀鬼神等众。然幽明异境,人力难为,必资神力,庶得咸通。今特移文于神,先期分遣诸将,召集本府阖境鬼灵等众,至日悉赴坛所,普享一祭。神当钦承敕命,镇控坛场,鉴察善恶,无私昭报。为此合行移牒,请照验钦依施行。

祭厉这一天,州县长官要先到城隍庙迎接城隍神。起初只是将城隍神的牌位放在轿子上抬走,后来很多地方索性把城隍神像抬到邑厉坛去。州县长官大摆仪仗,大量的市民也蜂拥而往,浩浩荡荡,到厉坛举行仪式。祭祀仪式本身并没有什么特别,一般先以一猪一羊祭祀城隍神,再用两猪两羊祭祀孤魂野鬼。

祭厉的祭文也是统一由明太祖统治时期传下来的,前半部分是对孤魂野鬼的安抚,向孤魂野鬼们灌输上下等级、尊卑秩序的观念：

普天之下，后土之上，无不有人、无不有鬼神。人鬼之道，幽明虽殊，其理则一。故天下之广，兆民之众，必立君以主之，君总其大；又设官分职于府州县以各长之，各府州县又于每一百户内设一里长以纲领之。上下之职，纲纪不紊，此治人之法如此。天子祭天地神祇及天下山川，王国各府州县祭境内山川及祀典神祇，庶民祭其祖先及里社土谷之神。上下之礼，各有等第，此事神之道如此。尚念冥冥之中无祀鬼神，昔为生民，未知何故而殁，其间有遭兵刃而横伤者，有死于水火盗贼者，有被人取财而逼死者，有被人强夺妻妾而死者，有遭刑祸而负屈死者，有天灾流行而疫死者，有为猛兽毒虫所害者，有为饥饿冻死者，有因战斗而殒身者，有因危急而自缢者，有因墙屋倾坠而压死者，有死后无子孙者，此等鬼魂，或终于前代，或没于近世，或兵戈扰攘流移于他乡，或人烟断绝久缺其祭祀……此等孤魂，死无所依，精魄未散，结为阴灵，或倚草附木，或作为妖怪，悲号于星月之下，呻吟于风雨之时……故敕天下有司，依时享祭……期于神依人而血食，人敬神而知礼。仍命本处城隍，以主此祭。

祭文的后半部分直接呼吁孤魂野鬼帮助维护人间的统治秩序：

凡我一州(县)境内人民，倘有忤逆不孝、不敬六亲者，有奸盗诈伪、不畏公法者，有拗曲作直、欺压良善者，有躲避差徭、靠损贫户者，似此顽恶奸邪不良之徒，神必报于城隍，发露其事，使遭官府，轻则笞决杖断，不得号为良民；重则徒流绞斩，不得生还乡里。若事未发露，必遭阴谴，使举家并染瘟疫，六畜田蚕不利。如有孝顺父母，和睦亲族，畏惧官府，遵守礼法，不作非为，良善正直之人，神必达之城隍，阴加护佑，使其家道安和，农事顺序，父母妻子，保守乡里。我等阖府官吏等，如有上欺朝廷，下枉良善，贪财作弊，蠹政害民者，灵必无私，一体照报。如此则鬼神有鉴察之明，官府非谄媚之祭。

虽然祭厉带有如此严肃的政治含义，但是参加的民众并不是为了体会这个祭文里对自己如此严重的威胁，而是为了凑热闹。城隍神像招摇过市，不少好事者又为之陈列仪仗，游行鼓噪，在不少商业较繁荣的城市，祭厉逐渐成为市民的一个节日。比如明清时期，上海最大的市民迎神赛会就是一年三次的祭厉。实际上市民们根本就不再理会祭厉本身的仪式,而是把这一天活动的高潮集中在迎送城隍神像的游行上,称之为“三巡会”。各商号慷慨解囊,组织各街坊的游行仪仗,市民们随着游行队伍鼓噪,评论哪一街坊的队伍最鲜亮。到了城北的邑厉坛,又纷纷向厉坛投纸钱。纸钱堆积如山,和着游行的种种纸制冥器,烧红半边天。在火堆远处,官吏们摆开酒席,享用猪羊及各种祭品。百姓们也摆开野餐,吃吃喝喝,玩到傍晚,才抬着城隍神像回城。鸦片战争后,列强霸占上海城北为租界,上海的邑厉坛被拆毁。“邑厉”被讹为“一里”,原厉坛位置改称“一里街”。上海邑厉坛只得迁到了城南。由于城市经济生活发生了很大的变化,官府也不再重视祭厉仪式,“三巡会”逐渐被人遗忘(《墨余录·邑厉坛》)。

禁止“淫祀”的法令与措施

不过明清时期的法律并不是一概允许对于凶神恶煞的祭祀。除法律规定的一些祭祀对象外,理论上而言,其他的凶神恶煞祭祀活动就都属于“淫祀”,往往是官府的禁止对象。在明清的法律里专门有一条“禁止师巫邪术”,规定:“凡师巫假降邪神、书符咒水、扶鸾祷圣,自号端公、太保、师婆及妄称弥勒佛、白莲社、明尊教、白云宗等会,一应左道异端之术;或隐藏图像,烧香集会,夜聚晓散,佯修善事,煽惑人民,为首者绞,为从者各杖一百流三千里。若军民装扮神像、鸣锣击鼓、迎神赛会者,杖一百。罪坐为首之人。里长知而不首者,各笞四十。其民间春秋义社以行祈报者,不在此限。"可见,除祭祀土地神外,民间其他的信仰活动都是不被认可的。只是地方官府往往并不认真执行禁止"淫祀"的法令。

中国古代民间具有泛神论信仰的倾向,任何曾经为人们做过一点好事,或是被人们所畏惧的人或神鬼,都可能被立祠祭祀。江南一带极为常见的恶神祭祀,一般总称为"总管""周神""李王""猛将"等名号。这些神灵一般都是有名有姓,曾经为当地人民做过一点好事(如保佑旅行者、赈济穷人等),因某种悲剧性的原因(如为国战死、被奸臣谋害,或不惜自杀以保全百姓等)而死亡;死后又必定显灵,创造奇迹;而且在传说中总是曾被皇帝或上天封爵,从而带有合法性。因此各地民间按时祭祀的神灵成千上万,官府对此根本没有禁绝的可能。绝大多数州县长官最多只是出一个告示,"谕禁"一番,并不认真查处。

《续子不语》中有这样一个故事:浙江归安县有个"萧总管祠"。尽管谁都说不清这个"萧总管"是何方神圣,却是人人崇拜,香火旺盛,祀神赛会的参加者往往有几千人。后来,一位不信杂神的戚知县看到这萧总管祠前的盛况,也进祠烧香,并说:“天气久晴不雨,萧总管若有灵,请赶紧唤神降雨,否则我就拆了这个庙。”烧了香,他要皂隶把萧总管的木头神像抬到桥上,算是祈雨。过了三天仍然放晴,戚知县就下令把这木头神像扔到河里去。隔了一天,戚知县坐船出巡,那个萧总管神像忽然从水里冒出来掉进了船舱。水手、皂隶吓得发抖,连说:“萧总管显灵了! 萧总管显灵了!”可是戚知县却笑着说:“这是萧总管求我火葬。”他叫衙役们沿岸设伏,有人出水就立即擒拿。不一会儿果然有人从河底冒出来上岸,被衙役逮个正着。那两个潜伏水底扔神像想吓唬戚知县的人被痛打了一顿,萧总管神像也被烧为灰烬。当地老百姓见烧了萧总管神像、拆了萧总管庙也没什么灾祸,就没人再相信这个神灵了。

清人笔记《郎潜纪闻》中记载的另一件事则更有意思。上文已提到的五通神崇拜在明朝时一直没有遭到禁止,有很多无赖伪装成五通神作乱骚扰民间。清朝康熙年间汤斌巡抚江南,严令拆毁所有的五通神庙,清除了一大淫祀。可是这位儒学大师没有想到的是,自己死后也被人当成了驱鬼的神灵。汤斌死后被朝廷褒奖,配享文庙。可江南地方文庙里汤斌的牌位经常会“失踪”,过一阵子又会出现。原来民间凡认为家里有鬼作祟的,就到文庙里偷汤斌的牌位,拿回家供奉几天,据说鬼祟就会逃之夭夭。

5. 可怜的土地山神

最低贱的神灵

在《西游记》描绘的鬼神世界里，最低贱的神灵就是土地山神了。

小说里描写的土地山神，都是掌管一块地面的小神灵。比如，天宫里的蟠桃园就有个土地，当弼马温来监管蟠桃园后，自动成了弼马温的下属，为他站岗放哨。而孙悟空被如来佛压到五行山下后，如来佛也“将五行山召一尊土地神祇，会同五方揭谛”，监视孙悟空，充当牢头禁子，“但他饥时，与他铁丸子吃；渴时，与他溶化的铜汁饮”。

土地山神也有管理本地鬼魂的职责，指挥一些鬼兵鬼卒，押解鬼魂。比如唐僧的父亲陈光蕊遇害，阴魂不散，观音菩萨要救他性命,“差夜叉径往洪州城隍土地处投下,要取秀才魂魄来,救他的性命”。“城隍土地遂唤小鬼把陈光蕊的魂魄交付与夜叉去。”

土地山神地位低下,见了尊神都是吓得发抖。比如,观音菩萨与木叉化身进长安,“行至大市街旁,见一座土地庙祠,二人径进,唬得那土地心慌,鬼兵胆战。知是菩萨,叩头接入”。高一级的神灵只要念一声咒语,就可以把土地传唤来参见。比如,孙悟空因为在鹰愁涧小龙吞了白马:

> 急得他三尸神咋,七窍烟生,念了一声唵字咒语,即唤出当坊土地、本处山神,一齐来跪下道:“山神土地来见。”行者道:“伸过孤拐来,各打五棍见面,与老孙散散心!”二神叩头哀告道:“望大圣方便,容小神诉告。”行者道:“你说甚么?”二神道:“大圣一向久困,小神不知几时出来,所以不曾接得,万望恕罪。”

又如,孙悟空偷吃人参果时,果子入地不见,便“捻着诀,念一口‘唵’字咒,拘得那花园土地前来”,追问究竟。

小说中很多的妖怪都奴役本地的土地山神。比如,平顶山的金角大王要土地山神轮流为他值日服役,孙悟空大为感叹，高声大叫道："苍天！苍天！自那混沌初分，天开地辟，花果山生了我，我也曾遍访明师，传授长生秘诀。想我那随风变化，伏虎降龙，大闹天宫，名称大圣，更不曾把山神、土地欺心使唤。今日这个妖魔无状，怎敢把山神、土地唤为奴仆，替他轮流当值？天啊！既生老孙，怎么又生此辈？"更厉害的是火云洞的红孩儿，当孙悟空用金箍棒，"打出一伙穷神来，都披一片，挂一片，裩无裆，裤无口的，跪在山前，叫：'大圣，山神土地来见。'行者道：'怎么就有许多山神土地？'众神叩头道：'上告大圣，此山唤做六百里钻头号山。我等是十里一山神，十里一土地，共该三十名山神，三十名土地。昨日已此闻大圣来了，只因一时会不齐，故此接迟，致令大圣发怒，万望恕罪。'"众土地山神向孙悟空诉苦说红孩儿"常常的把我们山神土地拿了去，烧火顶门，黑夜与他提铃喝号。小妖儿又讨甚么常例钱"。

小说里提到土地神还可以娶老婆，比如唐僧师徒在盘丝洞遭遇妖精，孙悟空"捻一个诀，念一个咒，拘得个土地老儿在庙里似推磨的一般乱转。土地婆儿道：'老儿，你转怎的？好道是羊儿风发了！'土地道：'你不知！你不知！有一个齐天大圣来了，我不曾接他，他那里拘我哩。'婆儿道：'你去见他便了，却如何在这里打转？'土地道：'若去见他，他那棍子好不重,他管你好歹就打哩!’婆儿道:‘他见你这等老了,那里就打你?’土地道:‘他一生好吃没钱酒,偏打老年人。’两口儿讲一会,没奈何只得走出去,战兢兢地跪在路旁叫道:‘大圣,当境土地叩头。’”

古代的土地神

几乎和小说的描写一样,明清时期中国各地城乡最多的庙宇就是土地庙。甚至在州县衙门里也都设有土地庙。一般不过是单开间、两架进深的小庙,门口往往连个庙门也没有,里面也不常有土地公的神像,只树一块土地的牌位而已。

中国古代以农立国,土地神的地位应该很高。先秦时土地神“社”和谷物神“稷”合称,是国家的象征。社神传说是撞破天的共工的儿子,名叫句龙;另外一个说法是治水的大禹死后为社神。稷神即传说中的周族祖先后稷,教人播种耕作;也有说法是其乃天帝之子,自上天取百谷之种而育植人间。这两个神自古合一祭祀,很早就脱离了人格神的面貌,一直是最重要的神灵。《白虎通义·社稷》有言:

王者所以有社稷何?为天下求福报功。人非土不立,非谷不食。土地广博,不可遍敬也;五谷众多,不可一一而祭也。故封土立社,示有土尊;稷,五谷之长,故封稷而祭之也。

西周时期的“国”中,最重要的宗教建筑就是统治者祭祀的“祖庙”和国人崇拜的“社稷”。社只是一个土堆,土堆上树一块石头,象征的就是“稷”。到秦汉时代,每年的二月、八月各举行一次祭祀社稷的活动。从《春秋公羊传》一书的记载里可以知道,祭祀社稷神的时候要击鼓集众,然后宰牲献祭,牲肉由参加的群众分食。分割牲肉要由有群众威信的、大家信得过的人来操刀,据说陈平年轻时就为乡里分割社牲,还得到了夸奖。

古代中国的法律禁止百姓“无故群饮”,只有在社日祭祀这天,大家可以放开,聚众整日畅饮。唐代诗人王驾的《社日》一诗便描写了人们社日的狂欢:“鹅湖山下稻粱肥,豚栅鸡栖半掩扉。桑柘影斜春社散,家家扶得醉人归。”宋代诗人梅尧臣《春社》:“年年迎社雨,淡淡洗林花。树下赛田鼓,坛边伺肉鸦。春醪酒共饮,野老暮相哗。燕子何时至,长皋点翅斜。”民间甚至传说,“社祭饮酒治聋”。妇女在这一天也习惯上不做针线。比如宋词《青玉案·年年社日停针线》:“年年社日停针线,怎忍见、双飞燕。今日江城春已半。一身犹在,乱山深处,寂寞溪桥畔。春衫著破谁针线。点点行行泪痕满。落日解鞍芳草岸。花无人戴,酒无人劝,醉也无人管。”

蒙古人入主中原后,为防止群众暴动,发布禁止“迎神赛会”的法令。这影响到汉族传统的“社日”欢庆,祭祀社日的大型集会在很多地方逐渐被小型的土地神庙崇拜祭祀代替。

最为普遍的民间崇拜

元明以后,社稷成为只能由朝廷官府专门祭祀的神灵,一般的百姓只能祭祀人格化的、管一小片土地的土地神。据说,最早的土地神是东吴时期建康钟山土地神。这位神灵名蒋子文,生前是东汉时秣陵(今江苏江宁)县尉,嗜酒好色,佻达无度,后因追击盗贼,在钟山脚下殉职。到东吴时,他的鬼魂经常在钟山一带显灵,骑白马执白羽,要当地百姓供奉他。百姓们为他修庙祭祀,奉为钟山一地之神。宋元以后,小土地所有制的进一步普及,“千年田八百主”的地权流转现象的普及,也使得小块土地的土地神信仰超越了原来“管辖”面宽大的“社”神信仰。小庙小坛,乡邻族人组织祭祀活动,在民间更为常见。元明时期,土地神崇拜已在民间普及。不过,在州县衙门里建土地庙,却是明太祖朱元璋的“创造”。

据明朝人笔记《尧山堂外纪》的说法,朱元璋和土地庙有特殊的缘分——他就是出生在盱眙县一座土地庙里的。当了皇帝后,有一次他微服出游,在一个坐满了酒徒的酒店里遇到了一位穷秀才。两人把附近土地庙里的供桌搬来当了酒桌,边喝边聊,十分投机。朱元璋听说秀才是重庆人,就出了个上联要秀才对:“千里为重,重山重水重庆府。”那秀才应声答道:“一人成大,大邦大国大明君。”朱元璋又拿起一片他们填桌脚的木块,要秀才作诗,秀才拿筷子边敲碗边吟咏道:“寸木原从斧削成,每于低处立功名。他时若得台端用,要向人间治不平。”朱元璋大喜,第二天就任命秀才为掌管司法监察的按察使,并下令在州县衙门里也都要建土地庙。

不过,在这位草莽出身的皇帝统治时期,土地庙还另有用处。他惩治贪官不遗余力,规定贪官赃满八十两(也有的说法是十六两)就要“剥皮实草”。据顾公燮《丹午笔记》记载:“剥皮之法,先用桐油灌入腹中,坐罪人于搁楞上,下置水缸,将炒热河沙淋身,其皮即硬浮起,剥下须眉,俱有千古不朽。”把剥下的人皮蒙在一个草人上,作成一个“皮囊袋”,挂在官员的公座后方,使下一任官员“触目警心”。州县衙门的土地庙就是剥皮的刑场,号为“皮场土地”或“皮场庙”。虽然在明太祖死后,这种残酷的刑罚被废除,可是土地庙却一直保留了下来,成为州县衙门里的第一主庙。

按照明太祖的法令,乡村地区每百户为一里,要建立祭祀五土神、五谷神的坛庙,而每座城市都要设立城隍庙。这个法令与民间固有的信仰相结合,于是乡间遍布土地庙。

官方的社稷祭祀

明清时政府设立的本地统一的"社稷坛",一般位于州县城的南郊。所谓"社稷坛",就是一个三尺高、两丈五尺见方的土堆,周围是一圈矮墙,四方按方位开门,安装红油大门。平时只能从北门进入。方土堆靠南边埋着一块只露出一个圆头尖的"石主",石主本身是块全长二尺五寸、宽一尺的圆尖石碑。土堆象征社神,石碑算是稷神的象征。社稷坛北面盖有几座房屋,中间一座是神厨房,放着五口大锅灶,用来烹煮祭品。旁边是三开间的宰牲房,祭祀时在此屠宰祭祀用的猪羊。在中间的房间里挖着一个大坑,宰牲时的血水就流在这个坑里。后面又有一座库房,贮存祭祀用的家具用品。依据《大明会典》,应该包括十四张桌子、四个放置祭肉的牲匣、四个放置上供饭食的竹笾、四个放置上供菜蔬的木豆(高脚木盆)、三个酒尊、四个酒爵、两个香炉。木橱里还收藏着社稷神的"神牌",实际就是两块高二尺二寸、阔四寸五分、厚九分的朱笔漆木牌,上面有"某某州(县)社神之位""某某州(县)稷神之位”的青色字样。祭祀时，这两块神牌就放置在社稷坛上。

按照制度，每年立春以后的第五个戊日（春分前后），以及立秋以后的第五个戊日（秋分前后），各州县长官要亲自祭祀社稷。祭日的三天前就要开始准备，州县长官及陪祭官（县丞或教官）进行斋戒，沐浴更衣，不与妻妾同房；祭日前两天仍要处理日常政务，但不得行刑打人，不得判署刑杀文书，不能喝酒，不吃葱、蒜、韭，不吊丧问疾，不得奏乐。祭祀的前一天停止办公，正式守斋，到社稷坛亲自监督宰牲（叫做“赞牲”）：两猪两羊洗净后，牵过香案，州县长官亲自拈香祝祷，才算合乎礼仪。宰杀后的猪羊放入大锅里煮，毛、血留一点在净盒里，其余埋掉。礼房吏指挥打扫社稷坛。晚上，州县长官在宰牲房休息。正式祭祀那天一大早，礼房书吏捧出社神、稷神的牌位，放置在土坛上。州县长官率僚属由南门入社稷坛，在礼生的唱赞主持下，依次鞠躬、下跪，逐一在土坛前供上祭品：盛在牲匣里的熟猪和熟羊、长一丈八尺的黑帛、三爵酒，以及稻、粱、黍、稷、枣、栗、盐、鱼等食品。最后捧上祝版，上面贴着千篇一律的祝文：

维某年，岁次某月某朔日，某官某等，敢昭告某社之神、某稷之神曰:品物资生,蒸民乃粒,养育之功,司土是赖。维兹仲春(或秋),礼宜告(或报)祀,谨以牲帛醴齐、粢盛庶品,式陈明荐。尚享!

对着祝版叩了头,祭祀仪式结束。祝版、祭帛在坛场东面的瘗坎焚烧,灰烬埋入瘗坎。州县长官和参加祭祀的官吏们就在社稷坛外摆开宴席,将祭品一扫而空,算是替社稷神享用了。

土地山神的背后

《西游记》中这些卑贱的土地山神,实际上是明代社会底层民众小头目的象征。中国历代政府机构都只到县一级为止,县以下不再有政府机构,只是在民间挑选一些人充当官府的代表。与此同时,在民间组织一些由官府指导的维持治安或承担官府赋役的半官方组织。中国古代的统治都是从上往下的,这些组织的头目实际发挥着官府代表的作用。

明清时这种人物名目繁多,诸如总甲、里甲、粮长、催头、保正、地保、乡老人、乡约等,总称为“地方”。理论上,这些人应该从本乡有身家财产的农民中挑选,要求出身清白:没有犯罪或欠税前科、三代以内没有人充当过捕快或皂隶之类的贱役。他们无偿为官府服役，算是尽义务。

各类“地方”纯然是尽义务式的服役，没有任何津贴。善良的人担任此职位，免不了赔钱、挨打、受气，就如《西游记》里所描写的，动辄被高级神灵欺侮。而刁恶之人担任此职位，就给了他们敲诈勒索的好机会。很多“地方”都是被一些地痞流氓把持，他们常常借着由头向居民们索取“跑腿钱”“平安钱”等陋规常例；征税时摊派众人，中饱私囊；清查户口、清丈土地时恐吓良善，勒索钱财；尤其是州县衙门的捕快持票来勾摄时，也势同狼虎，帮着起哄，勒索不休。有些州县长官怕捕快下乡扰民，特意批示由“地方”代为传讯，不料正好给了他们发财的机会。

四

《金瓶梅》

与《水浒传》的“诲盗”相对,《金瓶梅》的主题一直被认为是“诲淫”,因此在清代曾多次被查禁。同时,此书也很早就被认为是一部“奇书”,晚明的文人官僚都忙于传抄。在以后被禁的时代,它仍然在顺利地流通,众多的翻刻本就是明证。

《金瓶梅》是一部原创的长篇小说,但作者是谁一直没有定论。它的成书年代也难以考证,现存最早的是万历四十五年(1617年)刊本,书名为《金瓶梅词话》。在这之前的几十年间,一直有抄本广为流传的证据。因此,只能模糊地断定此书是在明朝的中期开始流行的。这一时期,朝廷的文化管制制度开始松弛,同时社会经济的发展造就了商业城市的繁荣,以及文化教育的普及。这既为印刷业的兴盛打下了基础,也为小说的流行准备了读者群体。《金瓶梅》小说就是在这样的背景下创作并流行起来的。

《金瓶梅》从《水浒传》中套取人物,以西门庆的家庭生活为故事主线,将西门庆三个妾婢的名字连缀为书名,反映的是现实社会生活。西门庆的人物形象是以往任何一部小说里不曾有过的:他是商人,称霸一方的地痞,同时又是官员,在朝廷有广泛的联系网络,“体制外”“体制内”通吃。自称“咱闻那佛祖西天,也只不过要黄金铺地;阴司十殿,也要些楮镪营求。咱只消尽这家私广为善事,就使强奸了姮娥,和奸了织女,拐了许飞琼,盗了西王母的女儿,也不减我泼天的富贵”。(第五十七回“开缘簿千金喜舍　戏雕栏一笑回嗔”)

显然,这是一类新的既得利益群体的代表,他们走的路线是“以富求贵”,从追逐经济利润开始试图角逐政治权力。但是,在当时中国的身份社会结构中,合法的“以富求贵”途径是不存在的。富商追逐利润的经济行为本身并不能得到法律及时、全面的保护,朝廷、官府独占的公共强制力量主体并不运用于保护财产利益。富商要求政治发言权,从而作为既得利益集团来参与政治权力分配,这种模式也是不存在的。因此,西门庆依靠违法交易来积累财富,依靠接近、贿赂政治权力的享有者来寻求保护和发展机会,依靠帮派势力来维护社会上的势力范围,依靠奢靡的生活来显示自己的成功。在财产利益与性关系上,他都表现出疯狂的、无节制的病态占有欲望。作者冷静地以无所不在的旁观者的角度,叙述西门庆发家、败落的故事,虽然有时也批评几句,但基调是一种欣赏的口吻。作为一个草根出身的商人,能够获得财富及权势,西门庆是《金瓶梅》塑造得最成功的人物形象之一,也是当时及后来读者心底里的榜样。

1. 西门庆起家的营生

不止开药铺的西门庆

西门庆是《水浒传》《金瓶梅》两部名著共有的重要角色，堪称中国文学作品中恶霸商人的典型形象。

西门庆究竟是靠什么营生发的家，《水浒传》里语焉不详。第二十四回首次介绍西门庆时，说他是个“破落户财主”，在县衙前开个生药铺，“近来暴发迹”，但并没有说明西门庆暴发的缘由。王婆在向潘金莲介绍西门庆时，也只是说他是生药铺主，如何阔绰。但是一个卖药材的商人，如何就能够暴发迹到称霸一方的地步？《水浒传》作者并没有明确交代。

《金瓶梅》的作者或许是意识到了这个漏洞，在第一回

“西门庆热结十弟兄　武二郎冷遇亲哥嫂”就介绍“这西门庆生来秉性刚强,作事机深诡谲,又放官吏债”,点明他是个“放官吏债”的。第三回里王婆向潘金莲、第七回薛嫂向孟玉楼介绍西门庆时,也都强调西门庆是“卖生药、放官吏债”的大财主。第六十九回里媒婆文嫂向林氏介绍西门庆时,将西门庆“放官吏债”列在他“提刑院掌刑千户”的官职身份之后,是他所有经商项目中的第一项。所以在《金瓶梅》作者的安排中,“卖生药”只是西门庆的商业业务之一,而“放官吏债”才应该是西门庆得以暴发的主要营生。

特种高利贷行业

“放官吏债”就是以官吏为放债对象的特种高利贷行业。这是一项具有“中国特色”的高利贷业务。

中国算得上是世界上最早创建整套职业官吏体制的国家。这套体制中,对于官吏的俸禄发放堪称精打细算。官吏的俸禄都是按照职位发放的,甚至可以说只是一种“岗位津贴”,只要官吏不在职位上,就没有俸禄可拿——当然,也就没有了“灰色收入”可拿。

因为没有职位就没有了收入,所以当士大夫通过科举考试后到京城去选官时,或者官吏因为任满、服丧等原因离开职位后再到京城参加铨选时，就没有正常的经济来源了。而要到京城选官，就得准备旅行费用，以及拜见座师、上司等之类在京城的应酬交际费用。一来二去，支出大于收入就是必然的趋势。

如果在京城选到的是外官，也需要筹备赴任的旅费。虽然理论上朝廷会给予一定的赴任旅费补贴，可是赴任官员拿到的这笔补贴实在少得可怜。比如，按《典故纪闻》的记载，明清时知州赴任，给三十五两“道里费”，知县为三十两，县丞、主簿为十五两，典史为十两。赴任途中，不得使用朝廷的驿馆系统，理由是朝廷已经给了道里费。只有赴任里程在一千五百里以上，才可以由驿馆提供脚力；赴云南、贵州、四川、陕西边远地区的州县官，才可以由驿馆提供交通工具——陆路驴车一辆，水路红船一艘——但仍旧不得由驿馆提供伙食。因此长途跋涉的旅费还得由官员们设法自行筹措。

京债与官吏债

为了应付这些开销，除了本身已经是大富豪的官吏，其他大批普通官吏只好举债。于是，“放官吏债”营生就此兴隆，成为中国古代金融业最主要的业务。

早在唐宋时期，京城里就有这样的特种高利贷行业了，名为放“京债”。到了明清时期,此业更盛,不仅是京城,当时作为南北交通干道的大运河沿岸城市也出现了这一行当。《金瓶梅》故事发生的清河县(山东临清)是大运河边的一个大码头,所以西门庆以此为业是很合理的。

奇怪的是,按照明清时期的法律规定,放官吏债是违法的:“听选官吏、监生等借债,与债主及保人同赴任所取偿,至五十两以上者,借者革职,债主及保人各枷号一个月发落,债追入官。”可见,实际上这项营生是一件违法交易。然而,对于广大的官吏来说,不举债几乎就没有办法去做官,法律的规定没有什么实际意义。这样一来,这件明确违法的营生便有着相当宽广的“市场需求”。

高风险和高收益

由于这项放贷根本就是违法交易,所以商人从事这种“风险投资”,就要收取更高的“风险利息”。官吏债一般都是“五分起息”,就是按月计算利率为5%,年利率为60%。或者是“九扣”或“八扣”起算(预扣10%或20%)的本钱,然后再按年“加三”(每年30%利息)或“加四”的利率收利息,实际利息也高达年利40%至50%。而当时合法的利率最高不得高过“月利三分”(每月3%,合年利36%),一般的当铺月利是两分

(每月2%)。此外,历代的法律都规定,放债不准利上滚利、利息累计不得超过原本(号称“一本一利”)。官吏债由于本身就是违法债务,所以往往是利滚利地“滚算盘剥”。

作为放债的一方,这项投资的回报是相当可靠的:利息收入丰厚,债务人也不敢赖债——一来是怕被揭发违法借债而丢官;二来是如果得罪了债主,下一任再到哪里去借债?反正羊毛出在羊身上,借债的官吏到了任上,都是靠加倍搜刮百姓来偿还债务的。正如清中期小说《歧路灯》第八十四回里所言:“说起这一官利(吏)债,三个月一滚算,作官的都是求之不得,还要央人拉纤(介绍说合)的。犯了原要过刑部治罪,其实犯的少,拉的多……若不拉,怎治得行头?讨得美妾?无非到任以后,侵帑克民,好填这个坑。”

《金瓶梅》里西门庆放官吏债的事例,可见第三十一回“琴童儿藏壶构衅　西门庆开宴为欢”。西门庆的朋友吴典恩,原来“专一在县前与官吏保债”,是西门庆放官吏债时的伙伴,为官吏借债做保人的,“以此与西门庆往来”,结为十兄弟之一。吴典恩和西门庆家人来保一起去东京蔡太师家送礼,趁着蔡太师高兴而给西门庆弄了个官职的工夫,上前冒充是西门庆的大舅子,也得到一个驿丞(未入流)的官职。他回来后便发愁了,“到明日上任参官贽见之礼,连摆酒,并治衣类鞍马,少说也得七八十两银子”。他求应伯爵帮忙向西门庆借债,写的文契上“借一百两银子,中人就是应伯爵,每月利行五分”。应伯爵一阵花言巧语引得西门庆高兴,结果西门庆一笔抹了利息字样,只要吴典恩将来还本钱即可。

在第三十六回“翟管家寄书寻女子　蔡状元留饮借盘缠”里,则是西门庆为了结交朝廷清流,有意将放债作为馈赠的形式。这一回里说蔡太师的管家、西门庆的相好翟谦来信嘱咐,说是蔡太师的养子、新科状元蔡蕴赴任,将经过清河,请接待。送信人又补充:“翟爹说:只怕蔡老爹回乡,一时缺少盘缠,烦老爹这里多少只顾借与他。写书去,翟老爹那里如数补还。”西门庆看准了蔡蕴将来会是自己在朝廷的靠山,便来了个顺水推舟,把放债改为长期投资,不仅是尽力款待,最后还送了一份大礼:“金缎一端,领绢二端,合香五百,白金(银子)一百两。”同来的安进士,也获赠“色缎一端,领绢一端,合香三百,白金三十两”。只言送礼,都不说是借贷。后来,西门庆果然得到诸多官场照顾。

凌驾于官吏之上的债主

没有西门庆这般远见的放债人,就往往只顾追求利润,为了获得回报,“急吼吼”地逼债讨钱。而成了债务人的官吏往往就此受债主的控制。

比如,明末清初小说《鸳鸯针》第四回“成进士债主冤家齐证罪 说仇人泥犁刀剑总生花”,讲一个举人出身的广西柳州府学教谕借了二百两官债回乡,因为服丧不得选官,被债主包围住宅,“敲门打壁的骂”。有一次,债主还冲进内室,推倒官员妻子,结果这位官太太受气不过,发病而亡。

明清时期,甚至有不少放官吏债的债主逼死官员的事。比如清乾隆四十八年(1783 年)发生的张有蕴案。贵州举人张有蕴在北京选上山西知县的缺,向商人马廷璧借了“四扣三分”七百两银子,实际到手的是“四扣”(预先扣除 700 两乘以 40%的数额)之后的四百二十两,还要按照每月三分(3%)的利率生息,每月的利息就要二十一两。张有蕴到山西候了一年多才得以署任灵丘知县,马廷璧闻讯赶来逼债。张有蕴把债主请到内衙居住,商量先还一半,可马廷璧不为所动,要他一次付清。张有蕴“忧郁莫释”,竟然上吊自杀。

两年后,山西放债人又逼死了湖北黄陂县典史任朝恩。乾隆皇帝为此发布上谕感叹“似此已非一案,实属不成事体”。不过他也没有好的办法,只是一般性地呼吁“赴任各官,务宜各知自爱,谨守节用,勿堕市侩奸计之中”。

不一般的角色

放官吏债的商人除了要有足够的本钱外,更要有足够的胆量,以及跟当地官府良好的关系。因此,当时民众只要听说某人是“放官吏债”的,就知道这是个非同小可、能量很大的人物,绝非普通商人。这种人物在明清小说中很常见,比如明代小说《拍案惊奇》第二十二回“钱多处白丁横带　运退时刺史当艄”里提到的人物张多宝。此人在京城里开解典库、绸缎铺,“专一放官吏债,打大头脑”,居间说事,卖官鬻爵,无事保不定,号为“张多保”。

《金瓶梅》小说为主人公西门庆铺垫了这个身份,在第一回里就特意说明西门庆因为从事这项营生,结识了大批官府人物,“就是那朝中高、杨、童、蔡四大奸臣,他也有门路与他浸润。所以专在县里管些公事,与人把揽说事过钱,因此满县人都惧怕他”。这在当时的读者看来,就足以理解他是如何暴发并得以结交官府、称霸清河,以及在京城内外的官场为何都有路子。至于后来西门庆又借此强取豪夺,那就是小说所要讲述的故事了。

值得注意的是,西门庆以放官吏债起家,然而他似乎只是依靠这个途径来结交官府势力,实现其他经商项目的最大利益。对于这项业务本身并没有很大的拓展,这或许是因为清河毕竟只是大运河上的一个码头,南来北往的官员借贷主要都是在京城进行的,西门庆不占地利之便的缘故吧。据西门庆死之前交代后事时所说,他的主要商业项目是“段子铺”,有五万两银子的本钱;“绒线铺”“绸绒铺”本钱加起来有一万一千两;“印子铺”占用银二万两;“生药铺”本钱五千两,以及一些河运跑船的项目几千两银子。相比之下,放贷给官员的债务只有两笔小数目:“刘学官还少我二百两,华主簿少我五十两。”显然,这个起家的营生在他后来的商业运作中并没有占据主要的地位。第八十回写到,西门庆死后,蔡蕴回京经过,前来吊丧,送了些礼仪后,“又拿出五十两一封银子来”,说“这个是我向日曾贷过老先生些厚惠,今积了些俸资奉偿,以全终始之交”。原来放贷的一百两只有一半归了本。

2. 保险的官盐买卖

“扬州兴贩盐引”的买卖

《金瓶梅》第六十九回“招宣府初调林太太　丽春院惊走王三官”借着媒婆文嫂向林氏介绍西门庆的话，将西门庆的经营项目排列了一番：“县门前西门大老爹，如今见在提刑院做掌刑千户，家中放官吏债，开四五处铺面：缎子铺、生药铺、绸绢铺、绒线铺，外边江湖又走标船，扬州兴贩盐引，东平府上纳香蜡，伙计主管约有数十。”

在这些经营项目中，关于“扬州兴贩盐引”在小说的其他回目里有相当详细的介绍。先是在第二十五回“吴月娘春昼秋千　来旺儿醉中谤仙”里提到了西门庆与盐商的交情，“西门庆前边陪着乔大户说话，只为扬州盐商王四峰，被按抚使送监在狱中,许银二千两,央西门庆对蔡太师讨人情释放”。于是西门庆布置家人上东京“与盐商王四峰央蔡太师人情”。到了第二十七回“李瓶儿私语翡翠轩　潘金莲醉闹葡萄架”里交代了这件事的结局,提到了家人来保汇报:“到东京先见禀事的管家,下了书,然后引见。太师老爷看了揭帖,把礼物收进去,交付明白。老爷吩咐:不日写书,马上差人下与山东巡按侯爷,把山东沧州盐客王霁云等一十二名寄监者,尽行释放。”

在交代了西门庆与盐商的交情后,在第四十八回“弄私情戏赠一枝桃　走捷径探归七件事”,就提到西门庆家人来保在东京打听到蔡太师向皇帝建议“在陕西等三边开引中盐,各府州郡县设立义仓,官粜粮米。令民间上上之户赴仓上米,讨仓钞,派给盐引支盐。旧仓钞七分,新仓钞三分”。来保建议说,西门家的亲戚乔家过去纳过义仓粮食,有“那三万粮仓钞,派三万盐引”,而且原来西门庆资助过的蔡状元又点了两淮巡盐御史,可以得到照顾,“倒有好些利息”。西门庆还有点不放心,来保拿出在京城抄的邸报给他看了,他“心中不胜欢喜”。第四十九回“请巡按屈体求荣　遇胡僧现身施药”里,西门庆宴请途经清河、前往扬州赴任的蔡御史,说好了派家人前去提盐,蔡御史道:“我到扬州,你等径来察院见我。我比别的商人早掣一个月。”西门庆道:“老先生下顾,早放十日就够了。”第五十一回“打猫儿金莲品玉　斗叶子敬济输金”又从琴童与吴月娘的对话里,交代了那从户部领取的三万盐引包了一个蓝布大包袱。西门庆派了伙计前往扬州支盐,把盐卖了以后,再到湖州买丝绸回来发卖,走一个“三角贸易”,显示出西门庆经商的精明。

传统的“官山海”制度

食盐是一种消耗性的大宗日用商品,有固定的社会需求,在中国历史上很早就被统治者看中作为增加财政收入的途径。据说早在春秋初期(公元前685年),管仲辅佐齐桓公治理齐国,就已经实行“官山海”政策,获取“渔盐之利”,由国家控制食盐的产销,齐国由此富强,称霸诸侯。

到了战国时期,假托管仲之名的法家著作《管子·海王》,提出了完整的食盐专卖理论,主张国家可以通过全面垄断食盐的产销,将税收隐蔽在食盐价格中,使百姓不知不觉中为朝廷提供收入,利益“百倍归于上”,而且“人无以避此数也”。几百年后,汉武帝为了筹措与匈奴长期战争的经费,于公元前119年正式全面实行食盐专卖制度。规定所有的食盐生产都由政府组织,各地官府派出人力运输食盐,并由官府发卖。汉武帝开创的这种食盐专卖制度被以后的朝代断断续续地延续,直到隋文帝开皇三年(583 年)下令废除。

食盐再次实行专卖是在唐朝载德元年(756 年),为了镇压“安史之乱”,唐朝廷下令实行汉武帝那样的食盐专卖制度。到了 762 年,由当时的户部侍郎刘晏创设了所谓的“通商法”,将汉武帝那样的官府全面垄断食盐产销的制度改换为官府仅仅控制食盐的生产和批发,而由商人去承担运输和销售,政府的专卖利益包含于食盐的批发价之内。可以说是在食盐的生产批发上实行的是严格计划体制,但在运输、销售环节上予以放开,主要依靠市场按照价值规律自行调节销售区域、销售价格。这个办法使官府摆脱了花费巨大的运输以及销售管理成本,得利更多,阻力更小,因此被以后各个朝代沿用。

蔡京开创的“盐引法”

和《金瓶梅》的描写相近,食盐专卖制度中的“引法”确实是由蔡太师蔡京于北宋政和三年(1113 年)创立的。

北宋时期实行的食盐专卖制度几经周折。北宋的基本制度由刘晏的“通商法”延续而来,官盐的运销主要由盐商承包。但是北宋初年,为了鼓励民间向北方边境地区运输物资,朝廷设立了所谓“入中”制度,凡是能够向边境地区运送物资

(称为“入中”)的商人,因为向朝廷作出特别贡献,由朝廷奖励给予贩卖官盐的特权。其运送的物资由接收的官员估价,折合为提取一定数量的官盐,发给提货单及特许状合一的“交引”,到指定的食盐产地提取官盐,并到指定的地区销售。由于这项制度存在估价、提货等很多不确定因素,引发了很多的弊端。

蔡京的“盐引法”针对这些问题采用的补救措施是:首先,将盐引定额化,每引提取官盐的定额确定为三百升。其次,确定盐引提货的有效期为一年,超过时间的作废。再次,盐引可以在京师直接以现金购买,但政府给边境物资运送的商人保留部分优先权。最后,盐引上还指定提取官盐的地点、运输的路线、销售的区域,商人运销有违,就构成“私盐罪”予以处罚,没收全部盐货。

这个“盐引法”以后几经修改,被元、明两朝继承。在《金瓶梅》成书的明代,基本制度仍然为“盐引法”。盐引仍然是定额的提货单及运销特许状,每引在指定的官盐批发地可以提取官盐二百斤,必须按照指定路径与销售区域运销,盐引的有效期也依然是一年。盐引可以在京城购买,但朝廷仍然给予为朝廷向边疆地区运送物资“开中”的商人,或者如《金瓶梅》中所写的响应朝廷号召为各地“义仓”缴纳粮食的百姓,官盐运销优先权。缴纳了粮食的商人、百姓按照缴纳量领取“仓钞”,商人持“仓钞”到京师户部或指定地点换取盐引。一般每一石粮食可换取一引官盐(二百斤)。

百弊丛生的盐法

“盐引法”实际上是一种以货易货的实物经济方式,需要在食盐的生产、朝廷物资需求及调配方面都有周密的计划,然而这却是庞大腐朽的官僚机构最难做到的。因此“盐引法”看上去很完美,实行起来却极易产生弊端。

首先,历代官盐的生产基本原则是无本经营,官府只是给产盐专业户一个免除其他赋税的权利,支付的成本极低,专业户必须以定额的盐产来抵销自己承担的赋税,有余部分只能以官府指定的极低的收购价卖给官府。生产者毫无生产的积极性可言,因此产量的总趋势是不断萎缩。可是食盐的需求却是随人口的不断增长而增长,很多商人到了产地还必须向产盐专业户另外支付盐价,才能获得盐货。

其次,在盐引的发行上,朝廷无法使之与官盐产量同步,尤其是很多权贵经皇帝“恩赐”或经官场“陋规”无偿获得盐引,或者是像西门庆那样,将按照规定应该打七折的旧“仓钞”,百分之百地兑换盐引。因此盐引的发放总是远远超过官盐的实际产量。经常发生商人持盐引到了批发地点后却提不到官盐、面临盐引作废的情况。尤其是运输条件最便利的两淮地区,前来提盐的商人需要排队等候,排不上的盐引就要过期作废。所以西门庆走了蔡御史的路子,可以比其他人提前一个月提货。

另外,按照明朝著名大清官海瑞在他的《淳安政事》一书中的说法,各地庞大的官盐批发机构、各地巡查“私盐”的缉私队伍,都在耗用官府的成本,实际上比朝廷的食盐专卖收入还要大。

早在《金瓶梅》成书前的明朝弘治五年(1492 年),明朝廷已经放弃了“开中”,允许商人直接以白银购买盐引,并允许持有盐引未能及时提到官盐的商人可以直接向产盐专业户收购“余盐”,经盐务机关验证后作为官盐运销。以后还允许商人每支取官盐一引(二百斤)后还可以直接向产盐专业户收购两引(四百斤)“余盐”,照样可以作为“官盐”运销。

包含了朝廷利益的官盐批发价,再加上商人另外的收购价,以及商人的利润,这些都大大抬高了官盐的价格,最终都压在了作为终端消费者的广大百姓身上。《金瓶梅》揭露的盐引法的弊端,只是朝廷盐法百弊丛生的冰山一角而已。

3. 做买卖的“合同”与“契”

西门庆“捣”的“合同”

《金瓶梅》的主角是商人，商人就要做买卖，做买卖就要订合同，把双方的权利义务用文字形式固定下来。

《金瓶梅》小说有很多有关商人交易订立合同的描写。

比如第七回“薛媒婆说娶孟三儿　杨姑娘气骂张四舅”，提到寡妇孟玉楼决心改嫁西门庆当小老婆，她丈夫的姑姑作为夫家唯一健在的长辈，已经被西门庆搞定，同意了这门亲事。可是她丈夫的舅舅张四唯恐她乘机转移了夫家的财产，在她搬嫁妆的时候前来阻拦。孟玉楼当众哭诉：“众位听着，你老人家差矣！奴不是歹意谋死了男子汉，今日添羞脸又嫁人。他手里有钱没钱，人所共知，就是积攒了几两银子，都使在这房子上。房子我没带去,都留与小叔。家活等件,分毫不动。就是外边有三四百两银子欠帐,文书合同已都交与你老人家,陆续讨来家中盘缠。再有甚么银两来?”孟玉楼死去的丈夫是经商的,这里的“文书合同”,就是商人之间的交易合同。孟玉楼说张四可以凭着“合同”陆续去向客商讨账。

第十六回“西门庆择吉佳期　应伯爵追欢喜庆”里,西门庆家的家人玳安找到在外面鬼混的西门庆,说是家里来了“三个川广客人”,带的是一批“细货”,只是急需现金,想把货物作为抵押,从西门庆这里借一百两银子,答应“约八月中找完银子”。西门庆要下面的伙计办了此事,但玳安说“客人不肯,直等爹去,方才批合同”,也就是说,要西门庆亲自签押合同才行。这个合同应该是抵押借款合同。

第三十三回“陈敬济失钥罚唱　韩道国纵妇争锋”里,西门庆从一个湖州客人何官儿那里批发了“五百两丝线”,价值五百两的丝线,因为何官儿急着回乡,愿意四百五十两脱手。西门庆就和他立了“合同”。这是比较单纯的货物买卖合同。

同样在第三十三回,西门庆又决定要利用自己家在狮子街两间门面房子,收拾了开个绒线铺子。可是经营丝绒需要懂专业的经理人,西门庆的酒肉兄弟应伯爵给他介绍了一个“韩伙计”,“其人五短身材,三十年纪,言谈滚滚,满面春风”。

这里的“伙计”，是经理人的意思。“西门庆即日与他写立合同”。这是一个聘用“韩伙计”为经理人，经营绒线铺的合同。

第四十三回“争宠爱金莲惹气　卖富贵吴月攀亲”，提到西门庆原来曾放贷一笔商业款项给做香蜡生意的“揽头”（中介商）商人李智、黄四，现在这两个商人“关了一千两香蜡银子”，前来清偿。西门庆叫自己的女婿陈敬济拿着天平在厅上兑收，十足一千两白银。黄四又拿出“四锭金镯儿”，总重三十两，“算一百五十两利息之数”。他们另外欠西门庆五百两银子的利息，“就要捣换了合同”。西门庆要两人过了“灯节”（元宵节）再来。根据小说描写的前后情节，这个李智、黄四以自己的货物为抵押，向西门庆告贷了一千五百两银子，原来规定的利息是月利5%。现在这一千两是部分还本，四个金镯儿总共三十两重，明代金银比价一般是1∶5，因此算是抵偿了一百五十两白银的利息，也就是原来借贷合同的两个月利息。商人请求西门庆将余下的五百两本金，通过“捣换合同”，更新为一笔新的标的为五百两的贷款合同，以后按五百两本金重新计息。这是一个商业贷款合同的更新。

第五十八回“潘金莲打狗伤人　孟玉楼周贫磨镜”里，西门庆决定要开设一个缎子铺，“当下就和甘伙计批了合同。就立伯爵作保，得利十分为率：西门庆五分，乔大户三分，其余韩道国、甘出身与崔本三分均分”。这个合同,就是一个合伙合同。西门庆、乔大户是主要出资人,按照50%、30%比例分红;韩道国、甘伙计、崔本都是以经营能力入伙,三人平分20%的利润。

第七十九回“西门庆贪欲丧命　吴月娘失偶生儿”,西门庆临死前对妻子吴月娘交代:“前边刘学官还少我二百两,华主簿少我五十两,门外徐四铺内,还欠我本利三百四十两,都有合同见在,上紧使人催去。”这个遗言里提到的“合同”,包括西门庆放贷给两个官员的“官吏债”,以及放贷给商人徐四的商业贷款。

做交易立“契”

可是,同时在《金瓶梅》里,还有很多提到交易的文书,是叫做“契”的。

比如第十九回“草里蛇逻打蒋竹山　李瓶儿情感西门庆”讲到西门庆派来的两个流氓,弄了张伪造的文书,诬赖蒋竹山欠他们连本带利四十八两银子,当庭呈递“文契”。从今天的眼光来看,这也应该是一个借贷合同,但是小说里称为“契”。

又如第四十二回“逞豪华门前放烟火　赏元宵楼上醉花

灯”,说西门庆的酒肉兄弟祝实念、谢希大彼此打趣,说写“借契”时,要立偿还债务的“三限”:“头一限,风吹辘轴打孤雁;第二限,水底鱼儿跳上岸;第三限,水里石头泡得烂。这三限交还他。”

第六十回“李瓶儿病缠死孽　西门庆官作生涯”里,西门庆的酒肉兄弟常峙节要购房居住,西门庆慷慨借了银子给他。常峙节和应伯爵“叫了房中人来,同到新市街,兑与卖主银子,写立房契”。买房置产立的也是“契”。

第七十一回“李瓶儿何家托梦　提刑官引奏朝仪”里,同样是为了购房,朝廷的老太监何太监要在清河购置房产,西门庆乘机把原来夏提刑的住房卖给何太监。这套宅院原来的“老契”房价是一千二百两银子,西门庆都说因为有点老旧,可以打掉一点折扣。可是西门庆家的家人贲四在旁边帮腔,说:“自古道:使的憨钱,治的庄田。千年房舍换百主,一番拆洗一番新。”何太监听了很喜欢,就叫贲四做了买卖这宅院的中人。立刻“打点出二十四锭大元宝”,与夏提刑交割。夏提刑一个旧宅院卖了个原价,“满心欢喜,随即亲手写了文契”。何太监也觉得满意,“赏了贲四十两银子”。这也是一个购房契。一千二百两的标的(明清时标准的银锭都是五十两一个,何太监交付的二十四个银锭,合一千二百两),中人贲四得了四十两银子的中介费,为总标的的3.3%,远比一般的1%至2%的“中资”要高。这便是靠他“会说话”赚来的。

《金瓶梅》小说里也有将“合同”称为“契”的,比如第七十九回,西门庆死了以后,遗孀吴月娘的大哥吴大舅查账,发现“李智、黄四借契上本利还欠六百五十两银子”,就要告到衙门去。西门庆的酒肉兄弟应伯爵是拿了李智、黄四好处的,赶紧去找李智、黄四,叮嘱他们暗地里给吴大舅送上二十两银子,然后向西门家归还二百两银子的账款,“另立一纸欠结,你往后有了买卖,慢慢还他就是了”。这里提到的“借契”也就是前面提到过捣鼓的那个更新为五百两欠款的“合同”。

那么究竟什么是契?什么是“合同”?

“契”和“合同”的来历

“契”字的本义为刻划,《说文解字·刀部》:“契,刻也。从刀。”反映了古代人们“刻木记事”的遗风。在人类早期的社会生活中,文字并不是人们交流信息的主要方式,人们达成某项特定权利义务关系的协定时,主要依靠的是口头的协议。为了证明以及帮助当事人记忆协议的成立,需要有一定的仪式、双方说一套固定的套话、有一定的证人在场,并以一块刻有刻痕的竹木片作为这项协议的信物,作为提醒一方履行义务的提示物。这在古代就称之为“契”。

在经济生活进一步发展后,又形成了双方各持一片这种信物或提示物的“券”。《说文解字 · 刀部》:“券,契也。从刀,券声。券别之以刀,以刀判其旁,故曰契券。”即由承担义务的一方在一片竹木片的侧面刻出记号后,再“别之以刀”,将竹木片一剖为二,双方各持一片有相同刻痕记号的竹木片。当两片竹木片合对无误,即为“合券”,一方就应履行义务。

随着人们书写工具的变化,协议的载体逐渐变为写在纸张上的文字,但名称依然为“契”。秦汉时受“破券成交”习惯的影响,大多数契约都采用一式二份的复本契约形式,沿袭过去在竹木简上刻画记号的习惯,往往将两张契纸并拢骑缝画上几道记号,或骑缝写上“合同大吉”或合体字“合同”字样,便于将来合对证明确属原件。这种记号就被称为“合同”。

中国古代法律对于民间交易文书统称为“契”,但并不硬性规定文书的格式。是否需要采用具有骑缝记号的文书,也没有硬性的规定。唐宋时法律仅规定凡典当不动产的契约必须为“合同契”,要制作具备骑缝记号的一式多份的文书。

因此长期以来,“合同”是一种文书形式,“契”是当事人之间特定权利义务书面协议的总称。“合同文书”可以是“契”的一个特殊种类,但并不全部都是“契”那样的当事人之间特定权利义务的书面协议。凡民间一式几份并具有骑缝记号的书面文件都称为“合同文书”,并不限于交易文书。比如在缔结婚姻的时候,为了表示慎重,双方的婚书也会一式多份、打上骑缝记号,称之为“合同婚书”。又如元代杂剧《包龙图智断合同文书》,这里的“合同文书”就是兄弟两个尚未分家析产的备忘录。

商人的交易一般使用“合同”

由于中国地域广阔,又缺乏便于运输的贵金属货币,平时使用的铜钱单位价值过低,使用铜钱支付货款时,往往铜钱的运输成本还要高于货物本身的运输成本。因此中国古代商业贸易大量采用“赊贷”(货款不及时结清,算做接受货物一方的一笔借款)的支付方法。当事人之间平时很少出纳现金,只是进行记账,到年终才进行交互计算,交易双方结算全年的应收应付款项,进行抵消对冲,有余部分记账挂到下一年结算。商业交易持续进行,每年清算一次,需要能够彼此核对的文书来记载彼此的权利义务。所以明清时的商业交易一般都使用这种有骑缝记号的“合同文书”,简称为合同。

而民间一般的民事交易,诸如买房买地、人口买卖、临时借贷、承租房地、雇佣劳动、承揽工作等,注重的是交易的快捷和安全,强调的是在立约的同时就交付款项。秦汉时期立约的惯用语,所谓“契即立,钱即毕”,就是指这种情况。因此订立的契约绝大多数是单本的,习惯上仍称“契”或“券”。

我们从上述的《金瓶梅》小说里“合同”和“契”的用法就可以看到,它确实反映了当时这样的民间惯例:凡是商人之间的交易文书,一般都叫“合同”;而普通的民事交易一般叫“契”。

其他的明清小说里也是这样的写法,当提到商人之间的交易时,就是立“合同”,而普通民间交易,就是立“契”。比如明末凌蒙初所著短篇小说集《拍案惊奇》卷之一“转运汉遇巧洞庭红　波斯胡指破鼍龙壳”,讲商人文若虚到海外经商,无意间获得一个大海龟壳,被一个波斯商人看中,出了五万两银子买他的这个大海龟壳。双方订立了“合同”,波斯商人支付了白银、文若虚移交了海龟壳后,波斯商人才告诉他,这个海龟壳里藏有价值连城的夜明珠。而波斯商人后来为文若虚购置房产,就是用的“文契”。

事实上“契”为一般民事交易协议文书、“合同”为商事交易协议文书的习惯一直维持到近代。《中华民国民法》规定所有当事人之间特定权利义务事项的协议都称为“契约”,但是在民间,很多商事协议文书依然叫做“合同”。

4. “讨债官司”的处理

西门庆安排的恶作剧

《金瓶梅》第十九回“草里蛇逻打蒋竹山　李瓶儿情感西门庆”里提到，因为西门庆出门避祸，没有按约定娶回李瓶儿。李瓶儿生了场大病，得到本县医生蒋文蕙（字竹山）照顾，一来二去，李瓶儿就将蒋竹山招赘入门，夫妻合伙开了个药铺。

西门庆回来听说李瓶儿和蒋竹山结了婚，心中大不爽，就安排了自己经常资助的两个“捣子”（光棍，鸡窃狗盗之徒），一个叫“草里蛇鲁华”，一个叫“过街鼠张胜”，前去修理蒋文蕙。这两人闯进药铺，宣称蒋文蕙前妻死的时候曾向鲁华借过三十两银子，“本利该我四十八两，少不的还我”。张胜自称是这件交易的保人，还伪造了一张借契文书。他们将蒋文蕙拖到街上打了一顿,结果被巡逻的公差抓进提刑所。

提刑所的夏提刑是西门庆的老朋友,早就受了西门庆的嘱托。第二天将这三人提审,夏提刑看了那张伪造的文契:

> 立借票人蒋文蕙,系本县医生,为因妻丧,无钱发送,凭保人张胜,借到鲁华名下白银三十两,月利三分,入手用度。约至次年,本利交还,不致少欠。恐后无凭,立此借票存照。

立刻拍案大怒,道:"见有保人、借票,还这等抵赖。看这厮咬文嚼字模样,就象个赖债的。"喝令左右选大板,将蒋文蕙拖翻在地,"痛责三十大板,打的皮开肉绽,鲜血淋漓"。还差了两个衙役,押蒋文蕙到家,要蒋文蕙立即还三十两银子给鲁华。李瓶儿当时和蒋文蕙也已闹翻,乘机将蒋文蕙痛骂一顿。虽然替蒋文蕙还了三十两银子,但随即就把蒋文蕙赶出家门。

整件事情都是西门庆策划的恶作剧,不过因为这件事经过了官府的处置,读者就可能会有点疑问:当时官府处理民间的债务纠纷也都是这样动用刑罚处罚的?而且假债主鲁华说蒋文蕙借了三十两银子,按照月利3%计息,累计六个月利息是十八两,他要求蒋文蕙归还的是连本带利四十八两,可是夏提刑判决的只是三十两,派衙役押蒋文蕙到家索要的也只是三十两银子,为什么没有满足假债主的全部要求?

“违契不偿”的罪名

首先看西门庆策划的这个恶作剧里,由官府判决体罚是否符合当时的法律?

答案是肯定的。《大明律·户律·钱债》规定,“违契不偿”确实作为一项罪名,要处以刑罚。凡是欠债不还,要根据欠债数额的大小、时间的长短分别处刑。欠债数额在五贯以上、不满五十贯的,违约超过三个月,要处笞十(用荆条抽打臀部十下),违约四个月再增加十下,以上递进,至笞四十为止。如果数额在五十贯以上、未满二百五十贯,违约三月要处笞二十,以上每一月加一等,罪止笞五十。数额在二百五十贯以上的,违约三月笞三十,每一月加一等,罪止杖六十(荆条抽打背、臀、腿六十下)。

明朝中期后开始普遍使用白银,法律规定铜钱一贯(一千文)等于白银一两。按照那个假契约,蒋文蕙欠银三十两,恰好符合五贯到未满五十贯的第一档罪名。不过那档罪名最高才是笞四十的刑罚,夏提刑按照西门庆的嘱托,足足打了蒋文蕙“三十大板”。明朝中期以后执行刑罚一般不再使用荆条,而是改用竹板，一般竹板一下抵折原来使用荆条抽打的两下，这个“违契不偿”的罪名最高只是竹板打二十下。而且执行笞刑使用的应该是“小板”，现在夏提刑使用的是“大板”，这是合法判决，但违法施刑。

另外一个违法的方面，是夏提刑这个“提刑所”衙门是没有这个案件的管辖权的。《金瓶梅》小说里提到的这个清河县的“提刑所”，是一个治安管理衙门，只能受理治安案件，像钱债纠纷这样的案件，应该属于当地县衙门，也就是清河县衙门管辖，由清河县知县来审理。所以小说设计的情节是让鲁华和张胜先去蒋文蕙的药铺里捣乱寻衅，把蒋文蕙拖到街上去打，这样就成了在公开场合斗殴，正好属于治安案件，可以由提刑所先行拘押，然后由提刑官进行审理。不过按照法律，夏提刑只能处理治安方面的罪名，酿成治安案件的钱债纠纷应该移交到县衙门。小说在这里凸显了西门庆的势力，他可以让夏提刑越权来直接处罚，而县衙门也可以装聋作哑、不闻不问。

司法不确保利息债权

《大明律·户律·钱债》“违契不偿”这个条文的原文明确规定，在执行完刑罚后，“并追本利给主”。也就是说，官府应该连本带利的追债,归还给债主。

那么,既然夏提刑已经是违法处罚打了蒋文蕙三十大板,为什么在判决中只是要求蒋文蕙归还三十两本金,没有按照鲁华、张胜的说法,索性判他个连本带利归还四十八两?这样的判罚不是更符合法律的规定?难道说是夏提刑良心发现、手下留情?

事实上,在中国古代小说里,描写官府责打“违契不偿”债务人,并帮助债主追讨债务的情节极其稀少。明代其他的长短篇小说里都很难找到类似的情节。冯梦龙编著的短篇小说集《醒世恒言》第十七卷“张孝基陈留认舅”讲到了这样的事例。

这是一个父子失和的故事。父亲过善因为儿子过迁好吃懒做,与一帮无赖混在一起,要到县衙门去告过迁“忤逆不孝”。过迁又失手打昏了家里的仆人,自以为出了人命,慌忙远逃他乡。过迁在外面欠下很多债务,债主见过迁已经失踪半年多,就一起到县衙门告状,要过善偿还。过善到庭,以“子债父不还”为理由抗辩,可是知县不听,宣判说:“今照契偿还本银,利钱勿论。”过善被官府断了,怎敢不依,只得逐一清偿,心中愈加痛恨。

这个故事提到的判决也是只还原本、不还利息。

明末方汝浩所著《禅真后史》第二回“醉后兔儿追旧债 夜深硕士受飞菑”提到，经商的耿寡妇请瞿天民前往河南讨债，说当年“卢店户拖欠下绒缎银一千余两，将及十年光景，并无下落，止留下一张空券。数日前，有一船户来通消息，说这店家近来发迹”。结果瞿天民前往讨债，那卢店户宣称：“众位高邻在此，我与耿家生意往来，又非私债，怎么算得利息？”“这是白银一千两，求老管家收去，即刻赐还文券，外要甚么利钱，一毫休想。不然，任你告理，宁可当官结断！”众邻舍一齐道：“我们做店户的拖欠客银，此是常例。要象这卢老丈肯还冷帐的，千中选一。”瞿天民只得带了本银回复耿寡妇。

这个故事里，卢店主不愿支付利息，也不怕瞿天民去衙门告状，显然有恃无恐，知道衙门判决赔偿利息的可能性很小。

清初由李绿园创作的小说《歧路灯》也有基本相同的描写。第六十六回“虎镇邦放泼催赌债 谭绍闻发急吆富商”，说主人公因为参与赌博，欠下巨额债务，被迫借了放高利贷的商人王经千一千多两银子。后来王经千讨债，惹恼了谭绍闻，说：“就是朝廷皇粮，也是一限一限的征比，何况民间私债？……俗话说‘要的有，要不的没有’。我一时没有，您有法子您使去就是。告在官府，行息的账，官府也不能定期勒追。”王经千只得妥协，答应再缓还债期限。

看来,《金瓶梅》里夏提刑只判归还原本、不判归还利息,还真是那个时代司法界的通例。那么,这是出于什么理由呢?

古代法律对利息的态度

实际上法律不保护利息债权,是中国古代法律的一贯原则。

比如唐朝的法律明确将债务分为“借”、“贷”(或“便”)、“举”三类。“借”,就是我们今天法律上所说的“使用借贷”,出借的和归还的都是同一件物件。“贷”,就是我们今天法律上所说的“消费借贷”,出借的物件被债务人消费掉,债务人归还的是和原来出借的物件同品种、同品质、同数量的物件,但不是原来的物件。“举”,是专指计算利息的借贷,“举”在中国古代汉语里具有“生育”的意思,在这里就是表示原来的债务生出了新的债务。

对于这三类借贷,《唐律疏议·杂律》规定的“违契不偿”罪名仅仅针对前二类“借”和“贷”,违契不偿,债务价值在绢帛一匹以上,未满三十匹的,违约二十日笞二十,二十日加一等,“罪止杖六十”;三十匹以上,未满百匹的,加二等处罚;百匹以上的,加三等处罚。并责令违约债务人赔偿。最高一直可以判决徒刑。

但是对于“出举”(出借计息)的行为,《唐律疏议·杂令》规定“任依私契,官不为理”,官府并不受理债主要求债务人清偿债务的起诉,任由债主自己想办法讨债。相反,如果是债主“违法积利”(以超过法律所限定的6%的月利率来计算利息,或者是以“回利为本”利上滚利的办法来计算利息,或者是利息累计超过了债务原本数额仍要收取利息)、“契外掣夺”(在契约规定的债务数额以外强行扣押债务人财产的),债务人可以起诉,“官为理”。

《金瓶梅》描写的北宋时期,法律仍然维持唐代法律的这个基本原则,并且加重了对违法取利行为的制裁。南宋法律规定凡是“回利为本”的要处以“杖六十”的刑罚。后来元朝法律也规定违反法律限制收取利息的,要“严行断罪”。

明代法律尽管规定了“违契不偿”要“并追本利”,可是并没有明确的强制执行程序规定。法律本身规定处罚“违契不偿”罪名的刑罚力度,低于“违禁取利”罪名。凡是放债约定月利超过3%,收取的利息总额超过债务原本的,要处以“笞四十”。如果计算违法所得部分较多的,按照“坐赃”处理,最高处刑杖一百。如果因为追讨债务强夺债务人田产、房产、牲畜的要处杖八十,强夺的财产数额超过原债务本息的也要坐赃论罪,最高可以判处杖一百徒三年。

“为富不仁”

因此,从历代的立法及司法传统来说,都对利息债权采取了“不干涉”的原则。明代法律规定的“并追本利”在司法实践中遭遇冷遇也就是这个原则的延伸。

那么为什么中国古代法律会有这样的传统?

简单而言,很重要的一个原因就是,中国古代法律的主体,是朝廷用以维护自己统治的工具。各级司法部门的中心任务,也在于维护朝廷统治,防止叛乱造反。民间的债务纠纷,不会直接威胁到朝廷统治,因此在立法上和司法上都予以淡化处理,尽可能采取“任依私契,官不为理”的不干涉原则。

还有一个原因,是正统政治哲学对于民间财产采取的蔑视态度。无论是儒家还是法家的学说,都很少有尊重财产权利的概念。比如儒家著名的“为富不仁”(《孟子·滕文公上》)的说法,是后世士大夫的重要精神支柱。而主张“富国强兵”的法家《商君书·去强》,认为“治国能令贫者富,富者贫,则国多力,多力者王”。

由于这些因素,中国古代社会的私有制没有发展成近代资本主义私有制那样绝对的排他性的法律体系,私有制没有能够上升到“神圣不可侵犯”的地位,表现出一定的同情经济弱势阶层的面貌。

5. 房屋交易中的“租不如典”

武大郎三次租房“蜗居”

《金瓶梅》是讲市井生活的，人住在城市里，就要解决住房问题。其中武大郎的住房问题解决比较曲折。

小说第一回“西门庆热结十弟兄　武二郎冷遇亲哥嫂”，讲武大郎“自从兄弟分别之后，因时遭饥馑，搬移在清河县紫石街赁房居住”。这是武大郎第一次租赁房屋。武大郎在租赁房里安身后，“终日挑担子出去街上卖炊饼度日”，不久妻子过世，“丢下个女孩儿，年方十二岁，名唤迎儿，爷儿两个过活”。

又过了半年，武大郎生意越做越差，“消折了资本，移在大街坊张大户家临街房居住”。这是武大郎第二次租赁房屋。

好在这张大户有钱,“有万贯家财,百间房屋”,低价出租房屋算是做善事,再加上武大郎为人本分,张大户家上下都欢喜武大郎。张大户一高兴,“连房钱也不问武大要”。后来张大户“收用”了家里的丫鬟潘金莲,而张大户的妻子妒忌心重,知道张大户收用了潘金莲,整日找茬儿将潘金莲“百般苦打”。张大户没有办法,索性将潘金莲嫁给武大郎,一分聘礼不要,还倒贴嫁妆。时常还贴补一点银两给武大郎做买卖。只是往往趁着武大郎白天出去卖炊饼的时候,“大户候无人,便踅入房中与金莲厮会”。武大郎有些知觉,也“不敢声言”。

不料没多久张大户忽然得病一命呜呼,张家的“主家婆”一直怀疑张大户和潘金莲还有关系,现在老公一死,主家婆当家,立刻叫家里的奴仆将武大郎、潘金莲赶出出租屋。

武大郎没有办法,带了潘金莲和女儿迎儿,租赁了“紫石街西王皇亲房子,赁内外两间居住”。这就是武大郎第三次租房,只有两个房间,还是蜗居状态。一内一外的门面房子。白天武大郎挑着炊饼一出门,潘金莲在家没事可干,就在门口“帘子下嗑瓜子儿,一径把那一对小金莲故露出来,勾引浮浪子弟”,引得一帮无赖老在门口起哄,“弹胡博词,撒谜语,叫唱:‘一块好羊肉,如何落在狗嘴里?’”武大郎又想搬家。

租不如典

武大郎想搬家,不料和潘金莲一商量,却被潘金莲骂了一顿:“贼馄饨不晓事的,你赁人家房住,浅房浅屋,可知有小人罗唣!不如添几两银子,看相应的,典上他两间住,却也气概些,免受人欺侮。”武大郎说:“我那里有钱典房?”潘金莲倒也爽快:“呸!浊才料,你是个男子汉,倒摆布不开,常交老娘受气。没有银子,把我的钗梳凑办了去,有何难处!过后有了再治不迟。”

武大郎就按潘金莲的主意办,“当下凑了十数两银子,典得县门前楼上下两层四间房屋居住。第二层是楼,两个小小院落,甚是干净”。县门前,就是在县衙门大门前的地段,闲杂人等不敢肆意妄为。有了院落,可以隔离街路行人。两上两下,楼下会客起居,楼上为卧室。

在《金瓶梅》小说作者看来,落魄的市民才租赁房屋居住,供出租的房屋也都是“浅房浅屋”,有点身份的就应该是“典房”居住。

比如第七回“薛媒婆说娶孟三儿　杨姑娘气骂张四舅”,薛婆极力介绍孟玉楼给西门庆,很坦白地承认,“我替你老人家说成这亲事,指望典两间房儿住哩”。第七十八回“林太太

鸳帏再战　如意儿茎露独尝”,说西门庆扩大住房,“旁边又典了人家一所房子”,扩大了门面,可以有三开间的客厅摆酒。

最典型的是西门庆的女婿陈敬济的败落经历:由自有住房到典房,然后租房,最后到处流浪。

西门庆死后,陈敬济和潘金莲打得火热,双双被赶出西门家。陈敬济原来想买下潘金莲,请求王婆稍微便宜点,“看你老人家下顾,退下一半儿来,五六十两银子也罢,我往母舅那里典上两三间房子,娶了六姐家去,也是春风一度。你老人家少转些儿罢”。潘金莲死后,陈敬济害得西门庆的女儿西门大姐上吊自尽,由此被西门庆的遗孀吴月娘告到县衙门,吃了一场官司。由一个富家子弟逐步败落。先是“把大房卖了,找了七十两银子,典了一所小房”。这房子坐落在偏僻小巷里。以后没到一个月,坐吃山空,只好又“把小房倒腾了,却去赁房居住”。再下去,“家伙桌椅都变卖了,只落得一贫如洗”,连房钱也付不起了,只好在“冷铺”(原来作为官府治安岗亭及递送公文的交接点)内存身,和占据冷铺的叫花子们白天讨饭,晚上给官府打更巡逻。有个做善事的老人可怜他,给了他五百个铜钱、一两银子,关照他“那铜钱与你盘缠,赁半间房儿住;这一两银子,你拿着做上些小买卖儿,也好糊口过日子”。可见当时半间房的租金是几百个铜钱。可是陈敬济把铜钱拿去吃饭,银子打开了掺上白铅之类的金属,做了假银锭在街上骗人,被官府衙役抓到痛打一顿,流落街头。

“典”字字义的衍变

最常见的“典”,是以财物(法律上称之为“动产”)质押给“典当”铺,获得一笔资金,以后加上利息归还了资金,就可以赎回原来的财物。

这样的“典”在《金瓶梅》里也不少。第四十五回“应伯爵劝当铜锣　李瓶儿解衣银姐”里提到,商人贲四“拿了一座大螺钿大理石屏风、两架铜锣铜鼓连铛儿”,要向西门庆“当”三十两银子。第五十六回“西门庆捐金助朋友　常峙节得钞傲妻儿”,说西门庆的酒肉兄弟常峙节付不起租房的租金,“被房主催逼慌了”,“如今又是秋凉了,身上皮袄儿又当在典铺里”,请求西门庆接济,帮忙买房子。第五十七回“开缘簿千金喜舍　戏雕栏一笑回嗔”说庙里的懒和尚,“把袈裟也当了,钟儿、磬儿都典了,殿上椽儿、砖儿、瓦儿换酒吃了”。

那么这个“典房”和一般的“典”有什么不同呢?

要回答这个问题,我们就必须了解一下“典”的原来的字义。

古代典字为“册”置于架子上的象形,原字义当为尊贵、权威的书册,因此后世有“典籍”“典章”等词语,指重要的书籍文章。典字有“典籍”之意,在古籍中作名词解时又大多指成文的或不成文的制度、准则,如《左传·昭公十五年》“数典而忘其祖”。《尔雅》将“典”与“彝、法、则、刑、范、秩”等字并列,释为“常也”,又称“典,经也”,后世遂合称“经典”。

作动词解时,古籍中的典字一般指掌管、使用、管理,如《管子·侈靡》:“法制度量,王者典器也。”因此典转而成为在表现官职时的前缀字,如《韩非子·二柄》提及有为君主“典衣”之官和“典冠”之官;秦汉以后仍多有以“典”为名的官职,如“典客”“典属国”“典膳”“典御”等。

古代拿财物质押换钱的,一直叫“质”。到了唐代中期开始,民间以“典”代“质”就迅速普及。这很有可能是为了避唐高宗李治的音讳。李治于649年登基,683年去世,以后武则天又长期执政至705年,夫妻两人的统治时间长达五十六年,民间不得使用与“治”同音的字,转而以其他字来表示“质”的交易,经历两代人时间的演变,形成了新的用字习惯。民间逐渐习惯于以“典”作为动词表示财产交易,来表示一方向相对方提交某项财产并由相对方控制以担保债权的意思,“典”成为与“质”同义的词。

唐代诗人的诗作中,提到提交自己财物换现金的诗句,基本都使用“典”。比如杜甫的《曲江二首》之二:“朝回日日典春衣,每日江头尽醉归。酒债寻常行处有,人生七十古来稀。”白居易《杜陵叟》:“典桑卖地纳官租,明年衣食将何如。”

“典房”和“典当”不相同

虽然说起来都叫“典”,可是实际上一般财物的“典”和房屋的“典”还是有重大的不同点。

首先,典当铺“典”的都是法律意义上的动产,转移占有不需要经过特别的程序。可是房屋是重要的不动产,古代法律对于“典房”有严格的程序要求:第一,在《金瓶梅》故事描写的宋代,出典方先要征求亲属及邻居的意见,在同等出价情况下,亲属和邻居有先典的权利,这叫做“先问亲邻”。第二,双方要订立“合同契”(有骑缝记号的一式多份交易文书)。第三,交易文书“合同契”要经过本地官府盖印、证明合法性质,叫做“印契”。同时必须缴纳3%左右的“契税”。房屋所在土地的土地税要转移到典房人这边来承担,这叫做“过割”(典主过户、出典方割除赋税账册)。明清时期法律没有要求“先问亲邻”以及“合同契”,但是官府盖印的“印契”、缴纳契税、转移土地税负承担“过割”还是必须的。总之,“典房”和买房的手续基本相同。

其次,典当铺“典”的财物都是要计算利息的,将来赎回财物的时候要加上利息。可是“典房”是没有利息的,出典的一方在经过约定的“典期”(一般为三年到六年)后就可以原来从典房人那里获得资金的原额赎回房屋,“原钱还原房”,不必支付利息。

再次,典当铺“典”的财物,回赎期是有严格期限的,按照宋朝的法律规定是两年,明清时法律没有规定,习惯上是一年“下架”,出典人丧失回赎权。可是“典房”不一样,只要书面契约保存完整,出典人在“典期”限满后永远可以原价要求赎回。所谓“一典千年在,卖字不回头”。当然实际上房屋肯定没有千年的寿命,但即便是房屋已不堪使用,出典人还是有权回赎。

最后,“典房”后,“典主”就有经营权利,可以将房屋出租来获得收益,实际上就是隐含的利息。必要时还可以“转典”,比如前面提到的陈敬济典了小巷里的小房子后又“倒腾”,就是把房子又转典出去换取现金。

“典房”优于买房

为什么《金瓶梅》小说里的人们都热衷“典房”?

很简单的理由是,“典价”一般只是“卖价”的二分之一。

这和拿财物到典当铺去典当一样,质押财产最多只能得到一半价值的贷款。这样合算的生意大家都要做。所以在《金瓶梅》里,除了气大财粗的何太监是现金买房,常峙节想从西门庆那里捞好处要西门庆给现金买房外,所有的人都是“典房”。

可是买了房子是自己永远的产业,“典”到的房子万一典期一过,原主要来回赎怎么办?

因为大家都估计到,实际上绝大多数出典房屋的业主,是没有办法再来回赎的。“出典”不过是他们“卖房”的掩护。

那为什么原来的业主要干这赔本的买卖呢?

这就不是简单的经济因素了,而是文化传统起到了决定性的作用,是中国古代社会重视家族财产传承的缘故。房屋、土地是最重要的不动产,是家产、家业最重要的标志,将继承到的房屋、土地出卖,就是“败家子”,而“败家子”在中国传统社会一直是一句颇具蔑视意义的评语。但如果是将房屋、土地“出典”,就可以将收回祖产的希望寄托于下一代至再下一代。子子孙孙是没有穷尽的,有朝一日有能力收赎的希望也是始终存在的。因此尽管出典的经济效果很差,相比于“败家子”的恶评,却是人们所能够承受的负担。

另外,古代立法指导性原则也影响到“出典”的不动产交易。唐宋的法律中,法律并不保护计息债权,而历代法律也禁止将债务人的房屋土地抵充债务,而“典”就可以逾越这些禁止性的法律规定,它既没有“卖房还债”,也没有“计息盘剥”。唐以后的历代法律都保护这样的“典房”交易,民间也就习惯以“典”来转移不动产。

我们从《金瓶梅》里的房屋交易,知道了古代城市里典房交易的普及程度。说明法律和习惯的确定,除了当事人经济利益的因素外,更主要的还受到意识形态的影响。是中国古代特有的家族财产制度以及朝廷的立法指导原则,决定了不动产交易的“典”的形成与普及。

6. 不同身份不同命

关于《金瓶梅》为什么以三个女主角潘金莲、李瓶儿、(庞)春梅为书名,这部小说崇祯年间版本的序言里是这样评论的:“盖金莲以奸死,瓶儿以孽死,春梅以淫死,较诸妇为更惨耳。”说明这个书名是因为这三位女子的命运具有典型意义而命名的。

对于这三位女子的悲剧性命运,崇祯年间版本序言的作者是从因果报应的角度出发做的解释。但是我们现在从社会身份这个角度来看,就会看到金、瓶、梅三人的悲剧,实际上还有着不同身份不同命的社会意义。

乐户加婢女的潘金莲

小说里交代说,潘金莲是裁缝的女儿:“这潘金莲却是南门外潘裁的女儿,排行六姐。因他自幼生得有些姿色,缠得一双好小脚儿,所以就叫金莲。”她小时候父亲死了,九岁那年母亲把她“卖在王招宣府里,习学弹唱”。所谓的“招宣”就是“乐户”的美称,是当时社会上专门从事表演娱乐服务的专业户,现在说起来是个时尚的职业,可是在古代却是被指定要专门无偿为官府服务,而且也要为社会提供色情服务的,因此在法律上被划为贱民。潘金莲从九岁到十五岁,在这里学艺,小说里说她在这里学到了“描眉画眼,傅粉施朱,品竹弹丝,女工针指,知书识字,梳一个缠髻儿,着一件扣身衫子,做张做致,乔模乔样”。和一般的女子举止打扮都不一样。

从严格的法律意义上而言,把良民子女卖给贱民乐户是件犯法的事,只能够采用“收养”的形式,潘金莲算是被收养的养女。等到潘金莲十五岁的时节,乐户王招宣死了。既然养父死了,潘金莲的母亲就去与王家争论,把潘金莲赎回家。当时一个九岁的女孩才卖几两银子,到了十五岁,潘金莲的母亲把她转卖给“张大户”,因为她的才艺与美貌,就有三十两银子的身价了。

这种出卖从严格的法律意义上而言,也是被法律禁止的。首先父母并没有出卖子女的权利,根据唐宋时期法律的明文规定,父母出卖子女为奴婢,构成“十恶”重罪中的“不睦”,可是这个罪名的处罚并不很重,只是应该判处徒一年半。如果是“和卖”(子女自己愿意被出卖的),父母仍然要判处徒一年;但知情的买主要加罪一等,判处徒二年,而且“虽买时不知、买后知而不言者”,也要同样处理。明清时期的法律仍然保留这些规定,只是将父母出卖子孙为奴婢的罪名处罚进一步减轻为杖八十。另外明朝的法律里仅仅允许贵族功臣之家蓄养奴婢,一般官宦或有钱人家只能收买“雇工人”,雇工人要被主人任打任骂,不能保留自己的姓氏,在与主人发生冲突时要处极刑,而主人教训打死雇工人只是个徒二年的罪名。雇工人在习俗上和法律上都和奴婢相差不多。因此潘金莲从一个良民之家,先入乐户为贱民、后被卖做丫鬟,仍然是贱民身份。

作为被“收”丫鬟的第五房妾

潘金莲长成一十八岁,出落的脸衬桃花,眉弯新月。“张大户每要收他,只碍主家婆厉害,不得到手。一日主家婆邻家赴席不在,大户暗把金莲唤至房中,遂收用了。”这种所谓的“收”,算不上是正式的小老婆“妾”,被收的依然是丫鬟,有的甚至是有了孩子,仍然是丫鬟身份,一般称呼为“小大姐”。小说后面写到孟玉楼嫁了李衙内,李衙内“收”过的丫鬟玉簪儿已经三十多岁,争风吃醋,要孟玉楼带过去的丫鬟称呼“姨太太”,结果被李衙内暴打一顿,立马被转卖出去,而且只卖了八两银子的身价。

被“收”过的婢女丫鬟,还需要主人再明确提升为“妾”,才算是小老婆。梳一种主人妇女才可以梳的发式,有自己的一个或一套房间,有自己的丫鬟,称呼为“小夫人”“姨太太”。

潘金莲被收后,张大户的妻子怕张大户将来把潘金莲升为妾来和自己作对,百般欺侮潘金莲。张大户只好设计把潘金莲嫁给正租着张大户房子居住的武大,不要武大一文钱,白白地嫁与他为妻。又给武大本钱做炊饼生意,常常在武大挑担出去卖炊饼的时候,“便踅入房中与金莲厮会”。没出息的武大在他屋檐下,只是忍声吞气。后来张大户得患阴寒病症,呜呼死了。张大户的主家婆立即下令家僮将金莲、武大即时赶出。

虽然说“嫁鸡随鸡、嫁狗随狗”,但是妇女的身份并不因为丈夫的身份改变。后来西门庆和潘金莲勾搭上,害死武大郎。王婆出主意,当晚就将妇人箱笼,“都打发过西门庆家去,剩下些破桌、坏凳、旧衣裳,都与了王婆”。到次日初八,一顶轿子,四个灯笼,妇人换了一身艳色衣服,王婆送亲,西门庆的家人玳安跟轿,把妇人抬到家中来。

小说最值得注意的是,西门庆在把潘金莲弄来之后,却先将自己去世的前妻“陈家娘子陪嫁的,名唤孙雪娥,约二十年纪,生的五短身材,有姿色。西门庆与他戴了鬏髻,排行第四,以此把金莲做个第五房”。

为什么要先安排一个孙雪娥为第四房姨太太?然后才把潘金莲安排为第五房?

从小说的这个特意安排的细节来看,实际上在西门庆家里,潘金莲也就是一个被“收”了以后上升到“妾”的丫鬟的身份。虽然她是“坐轿子”来的,可是她的身份仍然只是一个丫鬟。孙雪娥先前也是被西门庆“收”过的,西门庆之所以要这样安排,就是要表示“先来后到”,来维护大家庭的身份体制。后来雪娥和金莲纠纷不断,也是因为这个身份的缘故,她老是觉得自己应该比金莲高一头。

不过西门庆本人真正喜欢的是潘金莲,因此他把自己大老婆吴月娘的丫鬟春梅叫到金莲房内,要她服侍金莲,“赶着叫娘”。又替金莲六两银子买了一个上灶丫头,名唤秋菊。这样潘金莲虽然是被“收”后丫鬟上升为妾的身份,但是自己一房里倒有了两个丫鬟,比其他的各房小老婆的丫鬟都多。

被出卖的下场

西门庆死后,潘金莲与陈敬济的奸情被孙雪娥揭发,大老婆吴月娘就让玳安儿去叫了王婆来,要王婆“领”走潘金莲。“王婆子道:‘他原是轿儿来,少不得还叫顶轿子。他也有个箱笼来,这里少不的也与他个箱子儿。’……月娘道:‘箱子与他一个,轿子不容他坐。’小玉道:‘俺奶奶气头上便是这等说,到临岐,少不的雇顶轿儿。不然街坊人家看着,抛头露面的,不吃人笑话?’月娘不言语了。”吴月娘亲自到潘金莲房中,打点与了她两个箱子,一张抽屉桌,四套衣服,几件钗梳簪环,一床被褥。其余她穿的鞋脚,都填在箱内。把秋菊叫到后边来,一把锁就把房门锁了。

这种“领”走潘金莲是什么意思?到了后来才交代:原来吴月娘是要王婆“发脱”了潘金莲,价钱随便王婆决定。按照当时的法律和惯例,丈夫死后小老婆改嫁要得到大老婆的同意,打算娶小老婆的男家应该向大老婆支付“聘礼”。如果小老婆被大老婆赶出家门,回到娘家,那么改嫁的聘礼就应该是归娘家的。潘金莲却是被大老婆赶出家门后要“发脱”的,这实际上就是把潘金莲当成了被主人“收”过的丫鬟,委托给王婆来卖掉。

王婆为潘金莲定了个一百两银子的身价。后来是武松遇到朝廷大赦回到清河,出面算是“娶”、实际是“买”了潘金莲。王婆自己寻思:“他家大娘只叫我发脱,又没和我断定价钱,我今胡乱与他一二十两银子就是了,绑着鬼也落他一半多养家。”就把武松给的大银锭凿下二十两银子,往月娘家里交割明白。月娘问:“甚么人家娶去了?”王婆道:“兔儿沿山跑,还来归旧窝。嫁了他家小叔,还吃旧锅里粥去了。”月娘当即断定武松是为了报仇而假意“娶”潘金莲。果不其然,潘金莲隔天就被武松杀死。

“三级跳”的春梅

和潘金莲情况相仿的是春梅。原来她是吴月娘花了十六两银子、“几匹大布”买来的丫鬟。潘金莲进门时,西门庆把春梅叫到金莲房内,“令他伏侍金莲,赶着叫娘”。以后西门庆又在潘金莲的赞同下“收”了春梅。潘金莲自此一力抬举她起来,“不令他上锅抹灶,只叫他在房中铺床叠被,递茶水,衣服首饰拣心爱的与他,缠得两只脚小小的”。而春梅性情聪慧,喜欢谑浪,善于应对,也生有几分姿色,很得西门庆的欢心宠爱。

小说描写潘金莲不断地和李瓶儿争风吃醋,不过她和春梅却一直是配合默契。直到西门庆死后,春梅依然忠实于潘金莲,结果被吴月娘立刻发卖。叫来原来卖春梅的人贩子薛嫂,“月娘开口说:‘那咱原是你手里十六两银子买的,你如今拿十六两银子来就是了。’分付小玉:‘你看着,到前边收拾了,教他罄身儿出去,休要带出衣裳去了。’”这春梅跟定薛嫂,头也不回,扬长决裂,出大门去了。

不过小说作者给春梅安排的命运却是出乎意料的。她不久被转卖到武官周守备家里,想不到周守备“见他生的标致伶俐,举止动人,心中大喜”。“收”了她不过三天,就“买了个使女扶持他,立他做第二房”。从“小大姐”立刻升到“小夫人”。周守备的“大娘子一目失明,吃长斋念佛,不管闲事”。因此周守备把家里各处的钥匙都给春梅掌管,让她来管家。

以后春梅又为周守备生了儿子,“貌如冠玉,唇若涂朱”。周守备“喜似席上之珍,爱如无价之宝”。未几,周守备的大老婆病死,周守备就把春梅“册正”,做了夫人。这个“夫人”不是一般的大老婆,算是朝廷册封的,因此春梅居然从丫鬟上升为“贵妇”,连升了三级。

这种情况只在武官家里才会有。古代的武官阶层是不太计较出身身份的,因为很多武官自己也是从贱民阶层爬上来的。可是文官，特别是士大夫家族里是绝对不可以这样来安排将小老婆“册正”为大老婆的。

小说作者在写到这里后，又着力描写春梅自己的行为不检点，在周守备死后不守妇道，最后突然暴毙。

悲剧的根源

潘金莲的悲剧并不在于她的“奸”，春梅的悲剧也不在于她的“淫”，而是在于她们身份的“贱”。作为一个依附于主人的贱民，潘金莲没有自己的家，也没有真正意义上的人身自由，只能被动地从一个主人转到另一个主人的手里，直至最终遭遇毒手。而春梅原来是个连自己本姓都不让提的婢女，吴月娘根本就不去记得春梅的本姓是什么。以后在寺庙里见春梅祭奠潘金莲，还是孟玉楼记得西门庆提起过春梅本姓庞。

为了改变自己的身份，在当时的社会环境下，潘金莲和春梅的方法就是尽力充分迎合、讨好男性主人，甚至到了病态的程度，这实际上是一种绝望的性姿态。和西门庆其他的小老婆如平民身份的李瓶儿、孟玉楼不一样的是，她们的这种“奸”和“淫”是她们希望摆脱低贱地位的绝望的挣扎姿态，因此才显得特别的疯狂和病态。

五

《红楼梦》

清朝入关后,作为一个少数民族担任统治者的王朝,为了镇压汉族的反抗,大大加强了在思想文化领域的统治力度。康熙、雍正、乾隆三朝,竟然连续一百多年有意识地大兴“文字狱”,残酷镇压汉族士大夫阶层的头面人物;又借编纂《四库全书》之名,对全国各地各类书籍进行大搜检、大清理,实际上是进行了一次空前规模的清理运动,查禁一切被认为“违碍”的书籍文字。

在这样的历史背景下,小说的创作与发行成为高风险的事业,萧条也就在所难免,被后人号称是“中国文学高峰”的《红楼梦》就是在这样的冷酷环境里创作出世的。尽管没有完稿,依然以抄本流传,并很快得到高度评价。目前能够看到的最早的抄本是所谓的“甲戌本”,抄于乾隆十九年(1754年)。乾隆年间已知的抄本有十多种,而乾隆五十六年(1791年)已经出现了程伟元、高鹗校补的一百二十回刊行本。《红楼梦》流行的速度极快,甚至文人之间号称“开谈不说红楼梦,读尽诗书也枉然”。到了嘉庆、道光年间,统治者的文化专制高压政策难以为继,小说创作再次走向繁荣,而《红楼梦》起到了引导的作用。

《红楼梦》的故事反映了贵族家族的兴衰,活生生地描写了贵族生活、官场运作中种种黑幕,显示出统治者在正式场合提倡的整套伦理道德、法律规则,于他们自己却往往弃之如弊屣,使读者产生“看破红尘”的虚幻感觉。把故事整合于一个因果循环大轮转,是传统文学作品在面对现实无法解释时的最方便路径,可是《红楼梦》能够写到如此触目惊心的程度,使人感叹。

1. 黛玉的家产哪里去了?

林黛玉应该有的家产

一般人读《红楼梦》,都会觉得林黛玉是个寄人篱下的贫寒孤女。可是很多研究者得出的结论截然不同:林黛玉实际上是有万贯家财的继承人,只是她的财产被伪善的贾府侵吞一尽!

在华东师范大学中文系陈大康教授的著作《说红楼》里,详细分析了林黛玉父亲林如海的家境:林家是四代世袭侯爵的显赫世家,到了林如海这一代才改为科举入仕。林如海在小说里出场时担任的是以肥缺出名的扬州巡盐御史。而且陈大康指出:《红楼梦》的作者并无意将林如海描绘为一个出污泥而不染的清官,相反,在几个重要的环节里,侧面描写了林如海深谙官场潜规则、出资帮助贪官贾雨村恢复官职。因此，林如海依靠继承的祖业以及在扬州任官的灰色收入，应该积累起巨额的家资。《红楼梦》第二十五回提到，王熙凤开玩笑，要给黛玉和宝玉说亲，说："人物儿、门第配不上，根基配不上，家私配不上？那一点还玷辱了谁呢？"显然，林家应该是和贾家一样具有万贯家财的豪富之家。

《红楼梦》作者交代了林如海是林家的嫡传，可是在他这一代，人丁不盛，与林如海同辈的只有几个堂族兄弟。林如海自己有过一个儿子，不幸到了三岁时夭折，只有黛玉这一个女儿。作者安排林如海的正妻贾敏先去世，到了小说第十二回又安排林如海病重，十岁的黛玉由贾琏陪同赶回扬州。第十四回再出现林黛玉消息时，林如海已经去世。从小说的描写中可以推算出贾琏花了三个月的时间来处理林家的后事。小说后面几回就大写贾元春被册封为贵妃娘娘，贾府为其省亲，修建起大观园，银子使得如水淌一般。第七十二回提到，贾府的夫妇大管家贾琏和王熙凤着急找钱，贾琏发急地说："这会子再发个三二百万的财就好了。"很多研究者都认为，当年修大观园花的银子，就是这"三二百万"的横财，应该是林家的财产，合法的主人应该是林黛玉。

历史上女儿的财产继承权

那么林黛玉是否具有继承她父亲以及她父亲获得的林家全部家产的权利？当时的法律对于这个问题是否有明确的规定？

根据中国法制史的研究成果，对于这两个问题都可以给出肯定的回答。

中国古代法律对于财产继承问题相当重视，历代法律都有明确的规定。中国古代法律将女儿分为在室女（未婚女儿）、出嫁女、归宗女（已嫁后因种种原因回到母家居住），其继承的顺序各有不同。

在湖北张家山出土的西汉初年《置后律》规定，如果死者没有儿子、父母与妻子也已经去世，未出嫁的女儿可以接替父亲的户主地位，获得土地房屋及其他的财产。并且在出嫁时可以将这些土地财产带到男家（住宅只有在邻接的情况下才可适用这一规定），加入男方的财产。如果婚后丈夫去世或者离婚，女方仍然可以将这些财产带回，独立成户。但是已出嫁的女儿被明确排除在外。另外如果死者有儿子，女儿是否能够获得遗产，现在还没有看到材料。

唐代法律《户令》，将在室女列为和诸子并列的第一顺序的继承人,可以和儿子们一起继承遗产,不过能够继承的遗产份额只是相当于未婚儿子在平均份额外应该获得的聘礼的二分之一,作为她们的嫁妆。如果死者没有儿子,在法律上叫做“户绝”,按照唐朝《丧葬令》的规定,户绝的家庭应该由“近亲”将死者全部重要的财产“部曲、客女、奴婢、店宅、资财”出卖,折换为现钱,扣除了丧葬费用后的余额,平均分配给所有的女儿。如果女儿尚未成年,转换为现钱的遗产由当地政府“检校”(清点)保管,指定监护的亲属支取扶养费用,等到未成年的女儿成年后,扣除抚养费用后再行交付;如果有出嫁的女儿,也要由官府检校保管遗产,调查出嫁的女儿及女婿是否有未尽孝道、谋取财产的行为,被认为有这样行为的出嫁女,就被剥夺获得遗产的资格。

宋代的法律发展了唐代法律的规定。首先,进一步限制出嫁女的继承份额,在死者没有儿子、只有出嫁女儿的情况下,出嫁的女儿最多只能得到遗产总额的三分之一,余下的三分之二被政府没收。另外,出嫁以后又“归宗”的女儿单独继承的情况下,只能继承遗产总额的二分之一。这应该是考虑到归宗女当年在出嫁的时候已经从父亲那里获得过一份嫁妆的缘故。其次,如果女儿是和儿子们一起继承,未出嫁的在室女继承份额则有所提高,继承份额可以相当于儿子继承份额的二分之一。再次,不再强行规定女儿只能继承现钱,不准继承土地、房屋、奴婢等重要财产的原则,允许女儿参与土地、房屋的分配。最后,在有多个女儿继承时,法律仔细规定了不同的份额。比如在归宗女和在室女同时继承的情况下,归宗女的份额只能是在室女的二分之一。

在死者没有儿子的“户绝”情况下,宋代法律做了一个重大的修正,规定任何人如果死后没有儿子,其寡妇或宗族都有权为死者设定一名“嗣子”来继承家产。在有寡妇的情况下,嗣子可以得到和儿子一样的继承地位。如果死者的配偶也已不在世,这位嗣子是由宗族设定的,那么这种所谓的“命继子”的继承地位要比正常的儿子或嗣子差很多。比如宋代法律规定,命继子在和未嫁的在室女一起继承遗产时,只能得到遗产的四分之一;命继子在和归宗女共同继承时,先依户绝法,归宗女得遗产总额的一半,命继子得总额的三分之一,余下部分(即总额的17%)的二分之一加给命继子,二分之一没官;如果命继子是和出嫁女共同继承,出嫁女和命继子均分遗产总额的三分之二,余下三分之一没官。

和唐代一样,凡是死者没有儿子的户绝家庭,要由女儿或者立嗣的嗣子进行继承遗产的,都必须由当地官府进行遗产的检校保管。这主要是因为户绝的遗产中的相当一部分是可能成为官府财产的,因此必须防止在遗产分配过程中发生财产转移的可能性。

后来金元两代基本沿用宋代的法律。

到了明代,朝廷法律大大简化了有关财产继承的内容。《大明令》的《户令》,将继承法规大加简化,规定死者如果没有儿子,可以由他的未亡人(寡妇)以及宗族来为他设定一个嗣子。嗣子应该从死者的侄子中推选,如果没有侄子,再依次推到堂侄、远房堂侄。如果没有为死者立嗣,全部遗产都由在室的、归宗的女儿均分;如果没有在室女或归宗女,由已出嫁的女儿均分;如果没有出嫁的女儿,那么全部遗产就归政府。

在《红楼梦》成书的清代,有关财产继承的法律完全沿袭了明代制度。

贾府挪用了林家的家产

从以上的综述我们可以看到,到了明清时的法律,在财产继承上已经彻底贯彻了家族财产的垂直继承原则,即家产只能由直系晚辈亲属来继承,完全排斥了旁系晚辈亲属财产继承的可能性。而且也废除了官府在私人财产继承问题上的遗产"检校"权力,完全任由死者的寡妇、宗族来保管、处理遗产。

落实到《红楼梦》里的林家财产的继承问题，显然林黛玉无可争辩的是林家财产的唯一继承人。不要说她那几位堂族的兄弟，即使是林如海有亲兄弟、亲侄子，也没有任何参与继承林如海遗产的可能性。

但是，按照清代法律，如果林家有足够的有势力的亲属在扬州，是可以阻止贾琏以外舅身份来处分林如海全部遗产的。林氏宗族可以出面来为林如海立嗣，找一个晚辈的远房堂侄来为林如海当嗣子，继承财产。那么贾家作为外亲，最多只能为林黛玉争取相当于嗣子份额二分之一的遗产。

显然，贾家在得知林如海病重时，已经计划好要排除林氏宗族的参与。贾母指定荣国府财产管理人贾琏陪同林黛玉前往扬州，就是要贾琏来施展处置财产的能力。贾琏不辱使命，将扬州的林家财产处置干净，全部转换成了现银，转移到贾府。

陈大康教授指出，从作者的描写来看，这笔财产到了贾府应该是单列的账户，其中包括了林黛玉的日常开销。比如大观园里的诸位小姐，不管是本家的还是外来的，每月的零花钱都是由凤姐发放的，独有林黛玉是贾母单独支给，就连林黛玉潇湘馆的丫头们的月钱也是林黛玉从贾母处得到后给她们发放的。第二十六回中提到，贾宝玉打发小红去给黛玉送茶叶，恰好黛玉正在给丫头们分钱,顺手就“抓了两把”赏了小红。

由于在小说故事开场时已经安排了贾府正在走下坡路的伏笔,贾元春选上贵妃,应该是整个贾府东山再起的一个机遇。因此贾府全体动员,为准备迎接元妃贾元春省亲,大兴土木、不惜工本地建造大观园,来讨好皇家。为此应该是挪用了接收到的林家的这一大笔钱财。

可是想不到的是,这一大手笔没有换来家族振兴,反而在建了大观园以后,贾府陷入长期的“经济萧条”,入不敷出,年复一年,已经根本没有办法归还林家的这一笔财产,因此从一般道理上讲,只要实现林黛玉和贾宝玉的婚姻,来个亲上加亲,也就正好可以将这笔账目视为黛玉的嫁妆,来个“账底折账”的糊涂对冲。所以小说描写贾母对于宝玉、黛玉结亲这件事情上,总是相当的上心。尽管有着“金玉良缘”的说头,又有元妃省亲时的暗示,但是在曹雪芹写的前八十回里,贾母这一头还是坚持宝黛结亲的基调。

林黛玉是否知道家产被侵吞?

林黛玉进荣国府的时候还是个小女孩,但无论如何她对自己在扬州的生活应该是有印象的,肯定知道自己家也是和贾府一样的大户富豪家。那么在自己父亲死后,难道就一点没有觉察到家产被贾家侵吞?

在《红楼梦》前八十回里,作者没有充分展开这条线索,也难以断定在作者原来的计划里是否打算进一步展开。不过作者在第四十五回描写林黛玉和薛宝钗谈心,林黛玉说“你又有母亲,又有哥哥,这里又有买卖地土,家里又仍旧有房有地”,好像已经很有经济头脑,完全明白薛家既在京城又在家乡置买有土地房屋“不动产”。可是她下面说的话却又很糊涂:“我是一无所有,吃穿用度,一草一纸,皆是和他们家的姑娘一样。”难道她已经把小时候家乡“有房有地”的日子忘得一干二净?小说里对此也有伏笔在先,说到林黛玉刚进荣国府的时候,从家里带来的只有一个老得糊涂了的王嬷嬷和一个小得不懂事的小丫头雪雁,一直照顾她的大丫头紫鹃还是贾母特派过来的。是不是作者原来打算以此暗示她已经把自己家的万贯家财都抛之脑后了?

不过陈大康教授在《说红楼》里并不同意这个说法。他认为,像林黛玉这样聪明的姑娘,应该是知道贾家侵吞自己家财产的,只是她出于对贾宝玉的爱情,愿意接受这个现实,“用五世先人积累的家产”来换取和贾宝玉的情缘,“这才是曹雪芹构思中的‘绛珠仙子’”。

2. 凤姐的放债和贾府的罪名

贾府被抄家的罪名

大家都知道《红楼梦》是一部未完成的作品，现在搞不清楚作者原来计划描写的贾府结局究竟如何。后来高鹗续写的后四十回，采用了贾府遭遇政治打击、陷入绝境的结局。不过给贾府安上的罪名很值得玩味。

第一百零五回里，贾府遭遇查抄，主持抄家的西平王，闯进贾府后，站在台阶上慢慢地说道：“小王奉旨带领锦衣府赵全来查看贾赦家产。”贾赦等人一听，都趴到地上。西平王便宣布：“有旨意：‘贾赦交通外官，依势凌弱，辜负朕恩，有忝祖德，着革去世职。钦此。’”旁边的锦衣府赵全下令：“拿下贾赦，其余皆看守。”

可是抄家似乎没有抄出什么重要的罪证。抄了一会儿，有锦衣司官来报告，说是："在内查出御用衣裙并多少禁用之物，不敢擅动，回来请示王爷。"又过了一会儿，又有一起人来报告西平王，说："东跨所抄出两箱房地契又一箱借票，却都是违禁取利的。"西平王还没有表示什么意见，赵全很有点兴奋地说："好个重利盘剥！很该全抄！请王爷就此坐下，叫奴才去全抄来再候定夺罢。"

看上去导致贾府抄家的罪名，原来是很模糊的。如果抄家针对的罪名是"交通外官"，那么应该专注于来往信函文件。后来抄家抄出了"御用"物品，放债的两箱子房地契，一箱借票，于是又有"违禁取利"的罪名。

而且看小说的描写，又说这"违禁取利"是重罪：和贾府关系不一般的北静王赶来维护贾府，防止锦衣司的人破坏财物，任意欺诈。还安慰贾政，说："政老，方才老赵在这里的时候，番役呈禀有禁用之物并重利欠票，我们也难掩过。这禁用之物原办进贵妃用的，我们声明，也无碍。独是借券想个什么法儿才好。"第一百零六回又有同样的描述：说是隔天北静王派了王府的长史来打招呼，说贾政的工部员外郎官职都不动，"所封家产，惟将贾赦的入官，余俱给还"。只是向贾政说明："惟抄出借券令我们王爷查核，如有违禁重利的一概照例入官,其在定例生息的同房地文书尽行给还。”

贾府谁在放债?

那么放债的究竟是谁呢?高鹗续写的后四十回特意说明,原来并不是贾府的家长,而是主持家务的贾琏夫妇在放债,而且放债是为了维持大家庭的生计,很有一点悲壮在其中。

小说一百零六回,贾府被抄家后,贾政含泪询问贾琏:“我因官事在身,不大理家,故叫你们夫妇总理家事。你父亲所为固难劝谏,那重利盘剥究竟是谁干的?况且非咱们这样人家所为。如今入了官,在银钱是不打紧的,这种声名出去还了得吗!”

贾琏跪下解释说:“侄儿办家事,并不敢存一点私心。所有出入的帐目,自有赖大,吴新登,戴良等登记,老爷只管叫他们来查问。现在这几年,库内的银子出多入少,虽没贴补在内,已在各处做了好些空头,求老爷问太太就知道了。这些放出去的帐,连侄儿也不知道那里的银子,要问周瑞旺儿才知道。”

贾政心里埋怨贾琏夫妇不知好歹,“如今闹出放账取利的事情,大家不好”。

那么,贾琏夫妇是在合伙将贾府的财产去放债吗?贾琏说的依靠放债来补贴家用、没有私心是真的吗?这难道符合曹雪芹前八十回中预示的“落了片白茫茫大地真干净”的结局?贾琏、凤姐究竟是如何在放债的?

凤姐放债攒私房

实际上关于这个问题,曹雪芹在前八十回里已经做了足够的铺垫,而且说得很明白,放债的只是凤姐,连贾琏都不知情,是用自己的小金库运作,在为自己攒私财,根本没有为大家族利益考虑的意思,甚至就是靠损害大家族的利益而为自己捞好处。

曹雪芹在前八十回里写得很明确,凤姐小金库资金的来源有两个,一个是凤姐利用管家机会,私下挪用给二门内人员发放的“月钱”,先放债,收取到了利息再发放“月钱”;另一个则是凤姐利用贾府势力收受贿赂积攒的赃银。

陈大康教授专门研究过《红楼梦》里的“月钱”问题。这是在前八十回里经常提到的一个问题。所谓“月钱”,是荣国府里的主子、奴仆都按月领取的零用钱。按照陈大康教授的统计,大观园里的主子、奴仆,以及介于主仆之间的姨娘,分为几个等级:主子里最高的等级是贾母、王夫人、李纨,每月二十两;已婚的主子,凤姐、贾琏每月四两;未婚的主子(包括宝玉、贾环、迎春、探春、惜春等)每月二两;姨娘也是每月二两。奴仆里最高的级别是贾母的一等八个大丫头(包括袭人),以及王夫人的四个大丫头,每人每月一两银子外加五百铜钱;晴雯、麝月等二等丫头,每月一吊铜钱;其他的比如小红之类的三等小丫头,都是每月五百铜钱。

按照陈大康教授的计算,这些二门内所有人员经凤姐发放的"月钱"总额是三百两银子左右,也就是说,她每次延迟发放一两个月,将这笔钱挪用作为放债本钱。

这在第三十九回里说得最明白:袭人问平儿:"这个月的月钱,连老太太和太太还没放呢,是为什么?"平儿赶紧凑近袭人,悄悄说:"你快别问,横竖再迟几天就放了。"袭人笑道:"这是为什么,唬得你这样?"平儿说:"这个月的月钱,我们奶奶(指凤姐)早已支了,放给人使呢。等别处的利钱收了来,凑齐了才放呢。因为是你,我才告诉你,你可不许告诉一个人去。"袭人道:"难道他还短钱使,还没个足厌?何苦还操这心。"平儿笑道:"何曾不是呢。这几年拿着这一项银子,翻出有几百来了。他的公费月例又使不着,十两八两零碎攒了放出去,只他这梯(体)己利钱,一年不到,上千的银子呢。"

那么按照这个说法,凤姐一年放债收入利息有一千两,是在“违禁取利”放高利贷吗？这“重利盘剥”是一项很重的罪名吗？

“重利盘剥”罪

这就需要了解明清时期的有关法律规定了。

根据明清律“违禁取利”的专门条文：所有的借贷债务利息，“每月取利，并不得过三分。年月虽多，不过一本一利”。也就是说，利率被限制在月利3%以下，累计利息的总额不得超过债务原本。超过这一限制的，作为犯罪处罚，处以笞四十。计算获得的违法利息数额为赃值，如果计赃数额高于笞四十的，按照“坐赃”（非法所得）罪处理，但最高处罚不超过杖一百。

除了限制利息外，这一条法律还着重禁止官员放债行为。“若监临官吏，于所部内举放钱债，典当财物者”，杖八十。如果放债时还“违禁取利”，就是超过以上的利息限制进行放债取息的，计算利息所得数额，计赃应处以杖八十以上刑罚的；“依不枉法论”（受财不枉法，接受贿赂但未作出违背法律的规定），计算赃值后折半，按照折半后的赃值进行处罚，赃满四十两，处杖九十，以上递加，最高处杖一百流三千里。所有的利息追还债务人。

另外,这条法律又禁止债主以债务人的房屋、田产、牲畜之类重要财产抵折债务的行为。“豪势之人不告官司,以私债强夺去人孳畜产业”,要处杖八十。如果所夺的财产估价超过了原来债务的本利总和,多余的价钱要计赃按照坐赃罪论处,罪止杖一百徒三年。多余的钱款要追还原主。

贾府所谓的“重利盘剥”罪名,就应该是指月利超过3%的放债,或者是计算复利(利滚利的印子钱),或者征收利息的总额超过了原来本钱数额,或者以债务夺取债务人的房屋、田产、牲畜。高鹗续写的贾府抄家场景,特意提到抄出一箱借据、两箱田房契约,就是指这最后一项:以私债夺取债务人不动产。

凤姐取利无须“违禁”

根据陈大康教授的计算,凤姐的本钱,一个月可挪用二门内人员三百两的“月钱”做一个一两个月的短期放贷,理论上按照法律限制的利率,每挪用阖府一个月的“月钱”,每个月就可以有九两银子的利息。一年可以有一百零八两的利息收入。

凤姐受贿所得的私房银子(仅仅第十五回干预的水月庵尼姑介绍的一桩案件就有三千两银子),可用于长期放贷。姑且凤姐的这笔资金就算是三千两，按照3%月利计算，一年利息也可以有一千零八十两。

凤姐依靠这两项“本钱”，每年搞个几百两的利息应该是没有问题的。当然凤姐没有时间去过问每一笔的放贷，所以我们可以合理地推想，凤姐应该是委托给某些当铺之类的金融机构进行“委托理财”。这样会有相当的折扣给这些专门的机构，每一笔放贷不可能都是拿到月利3%，况且明清时当铺放贷的利息一般不到3%，大多为2%左右。那么凤姐所挪用二门内人员的“月钱”短期拆借给当铺的本钱，能获得的利率应该只有1%左右，全年不过几十两银子的收入。而她自己的月钱和受贿所得作为本钱，全年放贷利率按照月利2%来计算，加上挪用月钱的利息收入，全年“体己利钱”可以有将近八百两银子。确实正如平儿所言有“上千”。

不管如何，凤姐不用超过法律限制的“重利”，每年赚个千把两银子是很自然的，并没有必要去冒触犯法律的风险。既不需要超越法律的限制来计算利息，也没有必要去“强夺去人孳畜产业”。尤其是后者，得利的成本并不低，肯定要招致债务人的反抗，需要很多的打手，会惊动很多左邻右舍，就不适合凤姐暗中悄悄放贷、取利肥己的既定方针。

“违禁取利”法条中罪名最重的是官员放债行为，最高可以判罚仅次于死刑的流三千里。可是这和凤姐挨不上边,她是官员的家属,并不是官员。该条法律文字并没有提到官员家属放债如何处置。所以按照曹雪芹前八十回设计的情节发展路径,贾府的败落不应该是因为“重利盘剥”这样的罪名。凤姐自己揽财有方,她的大结局应该不是这个放债取利的直接后果。

避免悲剧结局的苦心之作

按照曹雪芹在小说第五回“游幻境指迷十二钗　饮仙醪曲演红楼梦”里为整个贾府大家族预示的大结局:“好一似食尽鸟投林,落了片白茫茫大地真干净!”应该是败落到底,完全是一个悲剧。可是续写的高鹗觉得这样的结局未免太煞风景,不符合他那个时代歌颂盛世的主旋律,所以他要搞一个贾府败落了以后又能“中兴”的结局。

所以高鹗要在贾府败落的缘由上下功夫,给贾府安上这个“重利盘剥”的罪名。

在清朝雍正、乾隆年间,朝廷注意到官僚阶层腐败日盛,尤其是八旗中出现严重的两极分化。因此曾经制定了几个条例,加重了长官对于所管辖的部下及地方民众发放高利贷的罪行的处罚。

雍正年间，发生了八旗佐领向属下的“旗丁”放贷“印子钱”（债务人必须按月或按日偿还债务利息，由债主在日期表格中盖印注销利息，如有违欠，所欠利息就计入原本一并计算利息）的案件，八旗都统李禧建议，立法禁止八旗佐领军官向所管辖的旗丁放印子钱，允许借钱者告发，告发者无须偿还债务，放贷者要严加治罪。不久刑部尚书张照向雍正帝提出，新的单行条例实际上和原来的“违禁取利”法律重叠，建议还是按照原有法律处罚。雍正帝接受了张照的意见，废除了刚订立的条例。

乾隆二十二年（1757 年）发生了王洪案。朝廷“承办陵寝事务大员”佛伦的家人王洪，向清朝陵寝的“树户”（保养树木的专业户）放贷取息。有一次在讨债时发生纠纷，被债务人赶福打死。乾隆皇帝因为这个案件，特意下旨，要求立法，明确规定：“执事大臣不行约束家人，致令私向所管人等，往来交结借贷者，一经发觉，将伊主一并治罪。”原来《大清律例》“家人求索”律条规定是，“本官知情者与同罪，不知不坐”。从此官员的家人向百姓勒索钱财、违禁取利的，官员即使不知情也要治罪。

乾隆三十一年（1766 年）又发生了赵得基案。震泽县知县赵得基，将自己的银子交给本地的典当商人委托理财，“营运生息”。不巧的是,典当铺被火延烧,债务人要求典当铺老板赔偿。而赵得基为了保证自己的利益,向上级请求免除典当铺的赔偿责任,被人揭发弹劾。两江总督高晋为此向朝廷建议,制定新的条例,加重官员在所管辖地区内向部下及百姓“举放钱债,典当财物”的处罚,官员有此行为的,无论是否违禁取利,都要按照所得利息,比照官员将自己货物高价摊卖给管辖下百姓“部民”的法律处罚,按照“受财不枉法”计赃论罪。“违禁取利”的,要以全部非法所得利息计赃(原来律条规定是折半计赃)以“受财不枉法”罪名处罚。强迫放债取利的,比照“受财枉法”罪名论处(赃值一两以下杖七十,一两至五两杖八十,以上递增至五十五两以上杖一百流三千里)。违禁取利部分归还债务人,其余的利息全部没收“入官”。

高鹗作为官僚,知道这几项相比原来律条更为严厉的单行条例。于是用来描写贾府抄家的情节,不管贾府的贾赦、贾政是否知情,贾琏、凤姐放债,都会连带到贾赦、贾政,遭受重罚。小说里描写锦衣所的赵全在听到抄出“重利盘剥”证据时很是兴奋,觉得逮住了大鱼。

可是高鹗实际上也知道,这些条例都是特指对于长官领导控制下的下属或“部民”之间的放债,贾赦、贾政都是京官,并不是直接管辖百姓的“亲民官”,他们所辖的并无“部民”,

即便是高鹗所描写的贾琏、凤姐主持贾府有计划的放债取息，放债对象也不可能是贾赦、贾政的属下。因此，对贾府是不能适用这些条文的。高鹗由此留下北静王来为贾政帮忙说情的伏笔。在他的描写下，后来的处罚并没有连带到贾政，仅仅没收了属于"重利盘剥"的利息，其他的债务典当都归还了贾府。这样贾府也就保留了大部分的财产，没有落个白茫茫大地真干净，为贾府的东山再起准备好了物质基础。

通过凤姐放债，我们知道了古代高利贷管制法律的大概情况。可以了解到，中国古代法律对于利息的限制还是相当明确的，对于官员贵族放债也有一定的限制。只是这种限制并没有和一个公开自由竞争的市场相联系，也没有一个公正的司法环境保障，官员的黑色灰色收入还是经常通过金融放贷转变为灰色的市场投资和利润，增加着吏治腐败的程度。

3. 两个最严重的死罪

老奴发酒疯带出的话题

《红楼梦》第七回"送宫花周瑞叹英莲　谈肄业秦钟结宝玉"最后一节宁国府老奴焦大骂主人，是很精彩的一段情节。这焦大是贾府老太爷的救命恩人，从"死人堆里把太爷背了出来"，还泼命地救护主人，"自己挨着饿，却偷了东西来给主子吃；两日没得水，得了半碗水给主子喝，他自己喝马溺"。不过仗着这些功劳情分，年老了的焦大目中无人，就因为夜里派他出车送客，喝醉了老酒的他就从管家骂起，一直骂到少东家贾蓉："蓉哥儿，你别在焦大跟前使主子性儿。别说你这样儿的，就是你爹、你爷爷，也不敢和焦大挺腰子！不是焦大一个人，你们做官儿，享荣华，受富贵？你祖宗九死一生挣下这家业，到如今了,不报我的恩,反和我充起主子来了。不和我说别的还可,若再说别的,咱们红刀子进去白刀子出来!”被小厮们拉扯到了马圈里,索性更是乱嚷乱叫:“我要往祠堂里哭太爷去。那里承望到如今生下这些畜牲来!每日家偷狗戏鸡,爬灰的爬灰,养小叔子的养小叔子,我什么不知道?咱们‘胳膊折了往袖子里藏’!”众小厮听他说出这些没天日的话来,唬的魂飞魄散,也不顾别的了,便把他捆起来,用土和马粪满满的填了他一嘴。

老奴纵酒滥骂倒也罢了,小说最发噱的是宝玉的反应。他见了这般醉闹,倒是觉得有趣,还向凤姐打听:“姐姐,你听他说‘爬灰的爬灰’,什么是‘爬灰’?”被凤姐立眉嗔目断喝:“少胡说!那是醉汉嘴里混唚。你是什么样的人,不说没听见,还倒细问!等我回去回了太太,仔细捶你不捶你!”宝玉只好央告:“好姐姐,我再不敢了。”

在当时的社会,一般成年人都知道,“爬灰”一般写作“扒灰”,是暗指公公与儿媳妇通奸的丑事。大多数当代红学家都以为,小说这一段描写,既带出了贾家起家及败落的缘由,又隐含了贾珍与儿媳秦可卿有染情节的伏笔。

谐音的隐射语

儒家经典《礼记·曲礼上》中说“夫唯禽兽无礼,故父子聚麀”;汉儒郑玄注释:“聚,犹共也;鹿牝曰麀。”意思就是禽兽不知父子夫妇之伦,故有父子与同一牝鹿媾和之事。“聚麀”以后就一直被文人们用来指跨越两代的乱伦行为。最著名的事例是武则天专权时,文人骆宾王的《为徐敬业讨武曌檄》:“践元后於翚翟,陷吾君於聚麀。”后世的文人们依然使用这样的“雅言”,比如明朝人冯梦祯在他的《快雪堂漫录》中的“书王文旦事”笔记里提到,“俗呼聚麀为扒灰”。明朝的儒学启蒙教科书《幼学琼林·人事》也还在重复“父子同牝,谓之聚麀”。

民间使用“扒灰”来代指这类丑事,起源应该比较晚。比如元代戏文《杀狗记》第六出“乔人行谮”有一段对白里提到了“扒灰”,“自从与哥哥结义之后,扒灰挑粪的都叫是二官人,谁敢欺负我!(生)敢是有人欺负小兄弟么?”显然这里与“挑粪”连称的“扒灰”也是一种农活,并非骂人的隐语。可见在元代社会,“扒灰”还没有成为隐射那种不伦性关系的专用词。

明朝时民间才开始将“扒灰”运用于代指这类丑事。据说因为将灶膛炉灰扒拉出来时，操作者是跪在地上的，难免会弄赃了膝盖。于是人们以“污膝”谐音“污媳”，改用扒灰来专指公媳之间的丑事。《金瓶梅》第三十三回“陈敬济失钥罚唱 韩道国纵妇争锋”里说韩道国的弟弟大白天与韩道国老婆通奸，被好事的邻居抓住曝光，哄动了满街巷都涌来看热闹。“内中一老者见男妇二人拴做一处，便问左右看的人：‘此是为什么事的？’旁边有多口的道：‘你老人家不知，此是小叔奸嫂子的。’那老者点了点头儿说道：‘可伤，原来小叔儿要嫂子的，到官，叔嫂通奸，两个都是绞罪。’那旁边多口的，认的他有名叫做陶扒灰，一连娶三个媳妇，都吃他扒了，因此插口说道：‘你老人家深通条律，相这小叔养嫂子的便是绞罪，若是公公养媳妇的却论什么罪？’那老者见不是话，低着头一声儿没言语走了。”

久远的禁忌

正如《金瓶梅》提到的，“爬灰”和“养小叔子”在古代都是极其严重的死罪，因此当焦大喊出这两项时，宁国府的众小斯们“唬的魂飞魄散”，而凤姐也“立眉嗔目”吓唬贾宝玉不得再言。

与近亲属配偶之间的不伦性行为，尤其是与间隔世代亲属配偶的不伦性关系,是很多古代文明的禁忌。在远古时代,对于亲属配偶的性禁忌主要依靠鬼神迷信以及习惯法维持,无人敢违反。可是当人类社会逐渐进化,生产力的发展使人们有了足够的自信心后,鬼神的力量就不足以防范了。

中国古代的西周社会是依靠习惯法“礼”来维持秩序的。到了社会大发展的春秋时期,礼崩乐坏,在统治者集团内部,出现了很多这类丑事。仅据《左传》一书的不完全记录,父夺子妻的就有好几件。《左传·隐公元年》记载:鲁国的惠公为儿子息娶妻,见从宋国来的儿媳长得漂亮,就自己夺过来做夫人。《左传·桓公十六年》记载:卫国的宣公为儿子急子从齐国娶妻,待新娘子来到卫国,觉得美丽异常,也是夺过来当自己的太太。《左传·昭公十九年》记载:楚国的楚平王为自己的太子建娶妻,从秦国礼聘嬴氏,并亲自去迎接,结果也是在半路上就娶为自己的夫人。而且这几件都是因为后来酿成同室操戈、内战不已的导火线才被记录在案的,没有引发事端的应该更有不少。

因此清朝时文人刘体信在他的《苌楚斋随笔》谈论这些史事后,感叹说,这样的丑事放在以后的时代,哪里会有这样恬不知耻公然明娶明嫁的,“不知当时礼乐政刑何在”?并且说周代号称有周公制礼作乐,“为一朝大典”,可是“其推堪精密，终赖后人也”，真正在社会上实现礼教，还是要靠后世的法律。

严厉的处罚

从战国时代开始，历代的国家法律都对此设置了严禁。从湖北张家山汉墓出土的西汉初年法律(一般都认为是沿袭了秦朝法律)文本中，有一个专门的词“复”，来指亲属之间的不伦性行为。规定与兄弟或叔伯父之妻有奸情的，“皆黥以为城旦舂”；如果是“复”儿媳、侄媳的，“皆完为城旦舂”。所谓“城旦舂”是当时的苦役刑种，男犯为官府做苦工筑城，女犯为官府做苦工舂米。前一类犯罪还要附加“黥”(对罪犯进行毁容)，后一类犯罪则允许保全罪犯的身体(完)。

在今天可以看到的中国最早最完整的法典《唐律疏议》中，已经将这类罪名的处罚加重到了死刑。关于祖父对孙媳、公公对儿媳有性侵犯行为的罪名，规定要判处绞刑。相比之下，这部法典规定，与五代以内的平辈亲属或其配偶之间有性行为的，构成“亲属相奸”之罪，一律判处三年徒刑；强奸的，判流二千里；在强奸实施过程中伤害人身的，要判处绞刑。与尊长亲属或其配偶(比如与姐、嫂)有性行为的，加重判处流二千里；强奸的，处绞刑。对直系尊亲属的女人，比如父亲、祖父的“妾”(特别注明是为父、祖曾生育子女的)有性侵犯的,也要判处绞刑。

显然这里存在一个对等原则,下对上的性侵犯要严惩,上对下的性侵犯惩罚力度也与之相当。这和一般的亲属之间身体伤害罪的处理原则不同,普通的身体伤害,上对下的侵犯都可以大大减轻,下对上的侵犯则都要大大加重。古代的立法者是考虑到性侵犯很可能会导致血缘关系的极大混乱,也会导致家族内部激烈的冲突。而且在父权制家庭里,家长利用全权管理身份对处在自己权威之下又没有血缘关系的媳妇、孙媳妇进行性侵犯的可能性也极大。

后来的明朝统治者在立法时进一步加重了对于亲属不伦性行为的处罚。《大明律》规定,与“子孙妇”通奸的,男女都要处斩(强奸的话,仅处罚男子)。同样,如果是卑幼与尊亲属通奸的,也都一律处斩。只有与平辈兄弟妻子通奸的罪名还是维持了唐律的绞刑。平辈“亲属相奸”的罪名,也维持了唐律的徒三年。后来的明朝《问刑条例》又把平辈亲属通奸的男犯,加重为“发附近地方充军”。一来显示伦理的严肃性;二来将罪犯充军外地监管,省得挨过一百板子后依旧经常接触、贼心不死。

《大明律》的立法者还考虑到奸情本身事涉隐晦、难以确证,家族内部就更难以查证。因此又特别设立一条“诬执翁奸”的罪名,规定如果有儿媳诬告公公行奸,或者是弟媳妇诬告丈夫兄弟行奸的,都要处斩。不过后来的司法实践中逐渐形成惯例,上述的奸罪都是“绞立决”或“斩立决”,就是说在判刑后得到朝廷批准,就可以直接行刑;而“诬执翁奸”罪名的死罪,则为“斩监候”,在判决后必须要等待秋后才能执行,而且还必须经过朝廷各部门长官在秋后会同再次复审之后,才决定是否要处死。

一案两命的后果

清朝入关后,沿袭了明朝的法律,这些规定基本上没有变化。明朝的一些司法惯例也作为法律的法定注释而具有正式的法律效力。在保留到今天的清朝刑部档案里,可以找到一些真实案件,可以看到当时的司法当局在处理这类案件时也确实是按照法律严格处治的。比如有一件乾隆四十三年(1778 年)发生在浙江的继父强奸儿媳未遂案件:

有个寡妇余氏,因夫死子幼,招赘了陈伯尊为“接脚夫”(男到寡妇家落户)。婚姻多年,儿子王胡妹逐渐长大,与继父关系也不错。可王胡妹结婚,妻子陈氏来到王家后,继父陈伯尊不知为何见了儿媳陈氏就“顿起淫念”,几次三番试图奸淫,都遭陈氏抗拒。余氏也多次斥责,陈伯尊表面上也总是悔过一番,可实际上“淫心未息”。有一天乘余氏和王胡妹外出,拿了把斧头威胁陈氏,试图强奸。陈氏往外逃跑并高喊救命,陈伯尊竟然真的用斧子砍倒陈氏,令其当场毙命。陈伯尊事后也试图以斧刃割颈自尽,未能成功,余氏回来后见状赶紧报案。陈伯尊被抓到县衙,立即供认不讳。

对于这个案件,各级官府的判决意见都是“照例拟斩立决”。刑部复核后也向皇帝建议判决斩立决,还要“先行刺字”,并又因陈氏“守正不从,被杀身死,节烈可嘉”,请求朝廷进行“旌表”,“以彰风化”。

由于这类案件会导致两条人命,官府对于此类事情总是高度警觉。于是也有的人会利用这一点来达到自己的目的。比如清代作家曾七如的笔记《小豆棚》里记载的一个案例。

浙江湖州有个著名的女讼师“疙瘩老娘”,她本人是个寡妇,是个远近闻名的刀笔讼师。经年不结的大案子,凭她一字数笔,就可以挽回。湖州有一个富家的年轻儿媳,丈夫死了后想改嫁,而公公不允许,强迫她守寡。儿媳向疙瘩老娘求援。疙瘩老娘问她要了一千六百两银子,写了一张十六字的状子:“氏年十九,夫死无子,翁壮而鳏,叔大未娶。”这张状子实际上就是在影射寡妇在这家再待下去就会出事。所以一呈上去,县官立即命令允许儿媳改嫁。

4. 阴暗邪祟的巫术案件

《红楼梦》里刑事案件的故事不多，不过有一件发生在荣国府里的刑事案件，倒是性质非常严重。这就是赵姨娘为了报复凤姐平日里对她的刻薄，以及为了她自己生的儿子贾环和贾宝玉争宠，不惜重金，请马道婆作法，用巫术企图谋害凤姐、宝玉。

神五神六的马道婆

故事发生在小说的第二十五回“魇魔法姊弟逢五鬼　红楼梦通灵遇双真”。说的是这马道婆来贾府打秋风，原来这老婆子是“宝玉寄名的干娘”。这马道婆见宝玉脸上一块红肿——那是贾环故意拿蜡烛油烫的——“唬一大跳……向宝玉脸上用指头画了一画，口内嘟嘟囔囔的又持诵了一回，说道:‘管保就好了,这不过是一时飞灾。’”

然后这婆子立刻找到一个搞钱的门路,于是就向贾母道:“祖宗老菩萨那里知道,那经典佛法上说的利害,大凡那王公卿相人家的子弟,只一生长下来,暗里便有许多促狭鬼跟着他,得空便拧他一下,或掐他一下,或吃饭时打下他的饭碗来,或走着推他一跤,所以往往的那些大家子孙多有长不大的。”

先这么一诈唬,贾母果然上钩,便赶着问:“这有什么佛法解释没有呢?”马道婆随口就编:“这个容易,只是替他多作些因果善事也就罢了。再那经上还说,西方有位大光明普照菩萨,专管照耀阴暗邪祟,若有善男子善女子虔心供奉者,可以永佑儿孙康宁安静,再无惊恐邪祟撞客之灾。”贾母道:“倒不知怎么个供奉这位菩萨?”马道婆说只要供长明灯就行。贾母问:“一天一夜也得多少油?明白告诉我,我也好作这件功德的。”马道婆老于讲价钱的,就划出一个范围,从“南安郡王府里的太妃”一天是四十八斤油,一斤灯草;到“小家子穷人家”的四两半斤。贾母还没有决定,马道婆赶紧确定范围:“还有一件,若是为父母尊亲长上的,多舍些不妨;若是象老祖宗如今为宝玉,若舍多了倒不好,还怕哥儿禁不起,倒折了福。也不当家花花的,要舍,大则七斤,小则五斤,也就是了。”贾母这才下了决心说:“既是这样说,你便一日五斤合准了,每月打趸来关了去。”

阴暗邪祟的主谋

这边马道婆为宝玉请了专管照耀阴暗邪祟的大光明普照菩萨，转一圈到了赵姨娘那里，她马上自己就成了阴暗邪祟的主谋。起先不过是想弄一副鞋面，听赵姨娘说起怨恨宝玉夺了自己儿子的宠，尤其是怨恨凤姐刻薄自己，搜刮了贾家的家财。马道婆见有机可乘，立刻表示："鼻子里一笑，半晌说道：'不是我说句造孽的话，你们没有本事！——也难怪别人。明不敢怎样，暗里也就算计了，还等到这如今！'"

这话引得赵姨娘恶从心头起，立刻求马道婆想办法。可马道婆只是为了钱而已，问赵姨娘："靠你有些什么东西能打动我？"赵姨娘先是开了张支票："你若果然法子灵验，把他两个绝了，明日这家私不怕不是我环儿的。那时你要什么不得？"她许了个远愿，可马道婆要的是现银，说道："那时候事情妥了，又无凭据，你还理我呢！"

赵姨娘只好立刻开销，请人去写了一个五百两的欠条，"赵姨娘便印了个手模"，又翻箱倒柜，找出自己的几两私房银子。马道婆照单全收后，"向裤腰里掏了半晌，掏出十个纸铰的青面白发的鬼来，并两个纸人，递与赵姨娘，又悄悄的教他道:‘把他两个的年庚八字写在这两个纸人身上,一并五个鬼都掖在他们各人的床上就完了。我只在家里作法,自有效验。千万小心,不要害怕!’”

宝玉、凤姐齐中招

果然第二天,这里宝玉拉着林黛玉的袖子,说不出话来,忽然“嗳哟”了一声,说:“好头疼!”林黛玉道:“该,阿弥陀佛!”只见宝玉大叫一声:“我要死!”将身一纵,离地跳有三四尺高,口内乱嚷乱叫,说起胡话来了。“拿刀弄杖,寻死觅活。”那边“凤姐手持一把明晃晃钢刀砍进园来,见鸡杀鸡,见狗杀狗,见人就要杀人”。两人好不容易被人抱住放倒后,“二人愈发糊涂,不省人事,睡在床上,浑身火炭一般,口内无般不说”。

贾府阖府大乱。最终还是疯疯癫癫的僧道来,说是那块宝玉受了点污染,效力减退。拿着玉说了一些疯话,嘱咐将两人安在安静场所,静养几天,宝玉自会显灵,驱退邪魔,自然会好。两天后两人果然见好。

后来高鹗在第一百一十二回、第一百一十三回补写了一段赵姨娘的报应,说赵姨娘“在寺内得了暴病”,不断诉说自己和马道婆当年搞阴谋要谋害宝玉、凤姐的事情。“双膝跪在地下,说一回,哭一回,有时爬在地下叫饶,说:‘打杀我了!红胡子的老爷,我再不敢了。’有一时双手合着,也是叫疼。眼睛突出,嘴里鲜血直流,头发披散。”整整闹了一夜才死。“一人传十,十人传百,都知道赵姨娘使了毒心害人被阴司里拷打死了。”

小说的续写者没有去费神写马道婆的下场,只是把赵姨娘的下场作为恶毒阴谋的报应。赵姨娘和马道婆搞的这个阴谋诡计,在阴间要遭报应,那么在阳间,是犯罪吗?如果当时揭穿的话,会有什么后果呢?为什么作家没有写一下马道婆的下场?

处置巫术的专门法律

在我们今天看来,使用这样的巫术来害人,有点可笑,因为按照现在大家普遍的知识水平,知道用这个办法害不了人,是法学上所谓的“不能犯”。可是在古代,人们普遍认为巫术很厉害,因此历代法律也都把这种行为列入重罪。

比如唐律里,列为“十恶”大罪的“不道”,其中就有一个罪名“厌魅”。法律的立法解释是,“厌魅者,其事多端,不可具述,皆谓邪俗阴行不轨,欲令前人疾苦及死者”。就是专门指巫术害人的行为。

按照《唐律疏议》的解释,“厌”,是指“或图画形像,或刻作人身,刺心钉眼,系手缚足,如此厌胜,事非一绪”,这是和马道婆差不多的办法。“魅”是“或假托鬼神,或妄行左道之类;或咒或诅,欲以祸人者”,这是向鬼神祈祷,画符,请鬼神帮助害人,或者是发愿,害了人如何如何报答鬼神;或者是反过来,威胁鬼神,要是不服从,就要如何如何为难鬼神。

使用这种方法致人死亡的,要按照谋杀罪来处罚;被害人没有死的,比照谋杀未遂减二等处罚,谋杀未遂是徒三年,减两等就是徒二年。只有受害人是加害人“期亲尊长及外祖父母、夫、夫之祖父母、父母”时,才各不减等处罚。也就是说,谋杀这些亲属构成谋杀期亲尊长及外祖父母、夫、夫之祖父母、父母,属于十恶另一项“恶逆”的大罪,要“皆斩”。

如果加害人的目的是使受害人“疾苦”,并没有侵害生命的故意,受害人没有因此受伤害的,还可以再减二等,那就是徒一年而已。但是如果是子孙对于祖父母、父母,以及奴婢、部曲对于主人有这样行为的,就不得减罪,仍然按照恶逆罪处罚,全部处死刑。法律的解释特意说明,这样的情况下“即是期亲尊长、外祖父母、夫、夫之祖父母、父母”仍然可以减二等处罚,没有了死罪。

如果是主谋使用巫术企图使长辈近亲属“疾苦”的,法律比照殴打近亲属来规定,未遂的就是按照法律减两等处罚;已遂的、对方确实“疾苦”了的,就算是殴打伤害了近亲属长辈,按照十恶当中的“不睦”来进行处罚。

如果子孙为了博得祖父母、父母的宠爱,或者是奴婢、部曲为了获得主人恩宠,而使用巫术来邀宠或固宠,就要处以流二千里。不过如果是臣民为了谋求皇帝的恩宠而同样使用巫术的,就要“皆斩”。“若涉乘舆者,罪无首从,皆合处斩。直求爱媚,便得极刑。”

唐朝的这条法律很有意思。首先,它把这个罪名定性定得很重,定到十恶里去,是不道,是不得赦免的罪行;可是在具体处刑的规定上,又非常的谨慎,对于没有伤害后果的巫术害人行为,比谋杀已行未伤的未遂罪行减轻两等。其次,法律的一大部分,是规定对于尊亲属、对于主人、对于皇帝施行这项行为的处罚,一律处以最高最重的惩罚。

从这里可以看出,唐律的立法原则的逻辑是这样的:

首先,巫术侵害行为是需要禁止的,要把它列入十恶,警告所有的百姓不得使用。

其次,由于巫术害人事涉阴邪,难以查证,有可能会造成诬告盛行、扰乱官府的情况。因此对于普通人的巫术侵害,是要看后果的,没有后果,处刑就要减轻。防止被人滥用,陷害好人。

最后,对于用巫术侵害直系尊长、主人、皇帝,这样的念头是绝对不容许产生的,只要有了犯意,就必须严惩。

以后明清基本沿袭了这个法律,只是更加简洁,规定巫术害人的,按照谋杀已行未伤来处罚,没有减等的规定;致死的按照谋杀处死刑;如果目的是要受害人“疾苦”的,才减谋杀罪二等;针对祖父母、父母(包括对于丈夫的祖父母、父母)、主人的,都处斩。

赵姨娘和马道婆应有的下场

从以上的法律规定可以得知,赵姨娘和马道婆的巫术案件,是涉及了十恶的重大犯罪。不过赵姨娘企图谋害的是丈夫的嫡子和丈夫的侄媳;嫡子是期亲,侄媳是小功亲,都没有构成尊长亲属,因此没有加重处罚的情节,只是普通人的巫术相害。巫术差点成功,因此符合明清法律“若伤而不死,造意者绞(监候),从而加功者,杖一百流三千里”。赵姨娘是造意犯,是首犯,要处绞刑;马道婆是实施者,算从犯,要处流三千里,都不得赦免。在做官出身、熟悉清朝法律的高鹗看来,“首恶必办”,首犯是赵姨娘,必须要给她一个极其悲惨的下场;马道婆是从犯,就不必再费笔墨了。

巫术害人,在世界各个古代文明里,都是极其严重的犯罪。就在中国明朝同时期,西欧几乎所有的国家,都在疯狂地大抓女巫,村庄里的一切灾祸:小孩发疹、鸡瘟牛病、水旱灾荒之类的,都会被指是与魔鬼勾结的“女巫”作祟。女巫抓来,完全依靠口供定罪,刑罚都是火刑——把人活活烧死。在十五到十六世纪,西欧被烧死的女巫至少有四十万人。相比之下,中国古代,至少在唐代的法律里,已经具有对于这种“犯罪”行为的比较理性的规定。

我们从《红楼梦》里赵姨娘和马道婆的阴谋中可以看出,当时人们对于巫术害人是深恶痛绝的,但是并没有因此发生歇斯底里的群众性恐慌,人们相信“邪不压正”,而且相信干这样阴私勾当的人会得到最惨重的报应。

5. 岗位不在门口的“门子”

身藏“护官符”的小“门子”

《红楼梦》第四回“薄命女偏逢薄命郎　葫芦僧乱判葫芦案”中写道:贾雨村出任应天知府,刚一到任就有件人命案件。贾雨村正要发“火签”差公人前去捉拿逃犯,只见公案旁站立的一个“门子”,朝他使眼色。贾雨村心下狐疑,就下令退堂。回到密室,令从人退去,只留这个门子服侍。这门子上前请安,提起旧事,原来这门子是当年贾雨村寄住的葫芦寺里的小沙弥,因葫芦寺被烧毁,无处安身,趁着年轻,畜发充当了门子。

小沙弥变的门子向贾雨村出示了一张“护官符”,告诫他本地的贾、史、薛、王这四大家族是不好得罪的。现在打死人的就是薛家的公子薛蟠,千万不可按法处置。门子教贾雨村,有一个"很好的主意",把这个案子糊弄过去。贾雨村虽然并不完全听这门子的主意,但第二天果然徇情枉法,胡乱判了此案。不久贾雨村唯恐这个门子说出自己卑贱时的一些事情,寻了这门子的一个不是,远远地充发了才罢。

这个门子究竟是干什么的?他为什么不是看大门而是跟在长官的左右?门子又怎么会这么精通做官的"诀窍"?

曾经看门的"门子"

从"门子"这个名称来看,似乎门子应该是看门的,但实际上却并不一定如此。关于这一点,顾炎武在《日知录》一书专门写了"门子"一条,考证得很明确。先秦及秦汉时期"门子"一般是指贵族之后,如《左传·襄公九年》:"及其大夫、门子,皆从郑伯";《周礼·春官宗伯·小宗伯》:"其正室皆谓之门子,掌其政令",所谓"正室"据注,就是"适子","将代父当门者也"。《后汉书》卷九十下《蔡邕列传》提到的"门子"和"世臣"并称,也是"门阀之子"的意思。或者如《韩非子·亡征》"门子好辩",表示"门人""门徒"的意思。

到了唐宋时期,"门子"一般是指看门人的,最为著名的是《旧唐书》卷一七四《李德裕传》,言吐蕃为攻袭维州,将一位吐蕃妇女嫁给维州“门子”,二十年后,该妇女生育的两个儿子夜开城门,吐蕃才得以入城。宋代人李元弼在其做官的体会笔记《作邑自箴》里,也常常谈到衙门的“门子”,要求门子将出入的文书、物品登记明白。显然当时的门子就是看门人。《水浒传》第四十回讲戴宗拿了圣手书生萧让假造的书信回到江州,结果因为说不出京师蔡太师府上的“门子”姓名模样,被蔡九知府看出破绽。《水浒传》的这段描写应当是沿袭了宋元时代话本的传统,以“门子”为看门人的称呼。

侍奉长官的“门子”

至于明清时期的“门子”,却已经是转指在衙门里专门服侍长官的侍役。“侍官府之美童曰门子”(见《中国社会史料丛钞》甲集“书手门子”)。门子也叫“门役”,民间尊称则是“门官”“小二爷”。他们的职责是为长官穿衣戴冠、上茶点烟、磨墨洗笔、跟随左右,就像军队里的勤务兵。算得上是最名不副实的衙役。顾炎武在这一条里也已考证清楚:明清时的“门子”就是南朝的“县僮”,是服侍官员的少年。

门子是从当地百姓中征发的,挑选眉清目秀、唇红齿白的十五六岁少年充任。门子年幼,见了衙门里其他的书吏、衙役往往要叫“阿叔”。到了二十岁,开始要留胡须了,就被称为

“老门子”,应该脱役或转为其他衙役(见《警世通言》第十五卷“金令史美婢酬秀童”)。门子做的是服侍人的事情,特别是明清时不少门子实际都是长官的男宠“兔崽子”,被世俗视为贱民。清朝的法律则确认门子为“贱役”,脱役后子孙第三代才可以参加科举考试。

门子的名额在各个州县不同,如《宛属杂忆》里说明朝北京顺天府宛平县才设六个门子,而据明朝的《松江府志》记载,松江府的府衙及下属的两个县衙共有门子八十六名。一般的州县在十名左右,日夜轮流值勤。门子的“工食”(伙食补贴)也是少得可怜。每年才一二两银子。

行善作恶一念间

门子是贱役,又是少年,不过他们是衙门里最接近长官的衙役,时常在长官左右。而长官往往觉得门子年幼无知,有很多机密事不怎么瞒着门子,有时还会指令门子去干些机密事情。如明代小说《拍案惊奇》第二十六卷“夺风情村妇捐躯 假天语幕僚断狱”就写一个州县官派门子侦查疑案的故事。

当然,门子也有可能利用他和长官这种亲密接触的关系,干些假公济私的坏事。特别是门子遇到个贪赃枉法、道德败

坏的长官时,就更容易为虎作伥。《型世言》第三十回“张继良巧窃篆　曾司训计完璧”说的就是这样的一个典型故事:

常州无锡县一个菜农的儿子张继良,十六岁上死了爹娘,只因长得秀气,被锡山寺一个喜欢男色的老和尚收留。不久无锡来了个喜好男色的何知县,到锡山寺烧香时看中了张继良,把他带回衙门当了门子。以后何知县非常宠幸张继良,“这衙门中,书吏、皂甲极会钻,我用主文,他就钻主文。我用家人,他就钻家人。这番用个门子,自然寻门子”。全衙门的书吏、衙役都来钻张继良的路子,通过他向何知县求差使、买牌票。张继良很快就弄懂了衙门里的门道,渐渐地成了无锡县衙的大管家,县里的士绅都说“锡山有张良,县里无知县”。

当朝廷的巡按御史前来巡视时,何知县唯恐被巡按御史弹劾,又将张继良化名周德,送到巡按的按院衙门当门子。正巧这巡按御史也是个好男色的,张继良又得宠于巡按御史。他为了保何知县,偷了巡按御史的官印交到何知县手里,使得巡按御史无法发出弹劾何知县的公文。巡按御史急的没有办法,找来常州府学的曾教官商量,想出办法:召见何知县时有意在按院放了一把火,火起时把空印盒交给何知县保管,何知县只得悄悄地把官印放了回去。双方心知肚明,巡按御史不再追究何知县。

离开时巡按御史给化名周德的张继良安排了无锡县书吏的位子,张继良就此当了书吏(按照其本身的门子贱役身份是不得为书吏的)。他拿住了何知县的把柄,倒过来在无锡县里做了主人,弄得何知县倒成了傀儡。后来张继良又唆使无锡的地方绅士将何知县贪赃枉法的事揭发出来,何知县被罢官。过了好几年,张继良自己满了两考,捐了个广东新会县的主簿,居然当了官,兴冲冲去上任。在任上照旧一意胡为。不料何知县复出后也在广东韶州府当推官,被省布政使点为查盘官,和广州府推官一起会审被人告发的张继良,张继良这才倒了霉,被判充军,妻离子散。

触发"东林案"的小人物

明末天启年间的"东林党案",也是从一个门子出身的人身上找到题目,打开缺口的。

明末东林党人于玉立被罢官后,仍关心朝政,派了一个书吏汪文言到北京打探消息,联络同党。汪文言曾为徽州府的门子,后来改籍金坛,当了书吏。到了北京后,汪文言成了万历皇帝的皇长子(后来的明光宗)的伴读太监王安的幕僚,又捐了一个监生头衔,得以接触宫廷。明熹宗登基,宠幸太监魏忠贤,王安被害,汪文言被褫夺监生头衔。但他在宫廷和官场的影响力犹在,又被保举为中书舍人(这是正七品的官职,但主要只是一个名号,并没有具体职务和俸禄),在京官中交游很广。

后来魏忠贤和阉党定计,由阉党傅櫆出面弹劾东林党人左光斗、魏大中与这门子出身的“匪人”勾结,“交通内外”。因为保举汪文言为中书舍人是由同情东林党人的首相叶向高领衔的,保举贱役为官是一项要连坐的“公罪”,由此也威胁到了首相叶向高。当东林党人杨涟上奏弹劾魏忠贤二十四项大罪后,魏忠贤等又将已关押在北镇抚司(直属于皇帝的特别预审法庭)受审的汪文言害死,伪造其口供,称左光斗、杨涟等人和汪文言一起中介行贿,为当时下狱受审的原辽东经略熊廷弼向主审法官行贿四万两。为此兴起大狱,连逮十七名东林党人,严刑拷打。后来熊廷弼被处死,杨涟等“六君子”惨死于监狱。

清官难逃恶门子

门子的职务使他们熟悉了做官的“诀窍”,因此即使是清官,也往往受门子的欺骗。比如清代名著《聊斋志异》卷八中就有一个门子狐假虎威、害人害官的故事。

山东邹平人李匡九进士及第后当了知县,一心要当个清官,办事清廉公正,结果却被一个门子所骗。当地有个富户被人诬告,门子得知后,跑到这户人家去恐吓:“大老爷要你家出两百两银子,而且还要快,否则就要照诉状办你的罪。”这户人家吓坏了,可又舍不得银子,就央求门子和李知县讨讨价,是不是少出一半。门子连连摇手,富户苦苦哀求,门子才假意说:“我去试试看,答应不答应是大老爷的事。你在开审的时候看着。”到了开审的那天,富户的案子排在后面审,富户跪在月台的台阶下候审,远远地看见长官坐堂,那个门子随堂伺候。门子明知道李知县最近戒了烟,偏偏凑到李知县耳边轻声问:“要点烟吗?”李知县正忙着审案,不耐烦地摇摇头。那门子过一会儿下堂,到富户身边说:“瞧见了没有?我向老爷讲了你的价,大老爷直摇头。”那富户只得答应出两百两银子。门子又上堂去,悄悄地问李知县:“要喝茶吗?”李知县审了一个案子,嘴干舌燥,就连连点头。门子转到一边上了茶,然后又找个借口下堂,到富户身边说:“你看见了,大老爷已经同意了。”富户放心了,等到自己上月台应审时,就百般为自己辩护,蒙在鼓里的李知县听了申辩,觉得这完全是一件无中生有的案子,就判富户无罪。门子第二天就去富户家要了这两百两银子,还要富户给他一笔“辛苦费”,暗中发了一笔财,而李知县的名声被他败坏殆尽。

6. 另类的“爷们”

由高鹗续写的《红楼梦》后四十回在文学水平上当然比不上曹雪芹写的原著，不过也许因为高鹗是个官员身份的“业余作家”，后四十回里有一些官场细节的描写还是很传神的。

“长字号”的家仆

比如第九十九回“守官箴恶奴同破例　阅邸报老舅自担惊”描写贾政外放江西粮道，到任后先是想做清官，出告示革除一切陋规常例。不料跟来的家人们在出京前已是借了银子装门面，满心希望要在主人外任时大赚一笔。而另一些“长随”也怨声载道，都向贾政“告假”。贾政不知就里，便说：“要来的也是你们，要去的也是你们。既嫌这里不好，就都请便。”

长随们走后，贾政从自己家里带去的家人们私下商议道："他们可去的去了，我们去不了的，到底想个法儿才好。"有个管门的叫李十儿的说道："我见这长字号儿的在这里，不犯给他出头。如今都饿跑了，瞧瞧你十太爷的本领，少不得本主儿依我！"他给大家出主意，联合粮道衙门里的书吏、衙役，集体给贾政捣蛋。贾政觉得不对劲，李十儿乘机"开导"贾政，终于使贾政让步，一切全照原样，主仆"利益均沾"。

从这个故事中可以看到，清代官员有两种仆人，一种是"长字号"的，他们有人身自由，可以来去自由；而另一种家仆是"去不了"的，没有人身自由，只能跟随主人。这是在当时法律环境里的特有现象。

按照清代法律，一般的家人奴仆是由主人买来的，立有"卖身（一般称靠身）文书"，对主人有人身依附关系（实际上家人奴仆又可细分为奴婢和雇工人这样两等）。主人即使将他们活活打死也不过是个徒二年的罪（一般折换为以钱赎罪）。他们在法律上和主人有着不得破坏的"主仆名分"，对主人稍有侵犯就是死罪。他们的孩子也继承家人奴仆这个身份。大观园里的小厮、丫鬟就是这样的家人奴仆。

而"长字号"的"长随"是一种短期雇佣、没有写过书面文约的家仆，法律身份是良民。不过按照当时的法律，在官宦之家服役五年以上的,或者是由主人指配了妻室的,就要视同家人奴仆。所以长随都尽量只跟随主人一任(三年),不愿长期跟随。他们以“长”为名,那只是指他们和衙门里轮班值勤的衙役不同,做的是“长”班。

出头露面的长随

除了法律身份不同外,长随和一般家人奴仆的区别更在于他们的工作性质不同。长随是专门出头露面,在公务场合为主人提供服务的仆从。而普通的家人奴仆只能在官员家内服务,不能出宅门半步。所以在上面这段描写里,长随在的时候,家人奴仆是不得过问衙门事务的。

“长”字号的仆人也有两种称呼,一般来说,京官的仆从叫“长班”,外官的仆从叫“长随”。如明末小说《清夜钟》描写主人公被点为翰林,虽然是“第一等官,但只是贫苦不过,做长班的尤怪他”,于是六个长班齐齐告辞。剩下一个等到主人公正式上任后,“依然叩上四个头,辞别而去”。不过这种差别并不严格,清朝时长班和长随也往往混称,如乾嘉年间的《谢金銮教谕语》说州县官的仆从为“长班”。同时期的《儒林外史》称乡绅范举人仆从为长班;而骗人烧炼银子的洪憨仙、到处撞木钟的骗子牛玉圃都用着一批长随。又说举人中了进士立刻就要摆公座,长班参堂磕头。虞博士将自己的管家推荐到州县衙门是做长随,杜少卿推荐臧岐到汤镇台处当长随。可见京官、外官、乡绅的雇佣仆人往往都会混称长班、长随,区别并不严密。

明清时乡下考中举人、进士的读书人到京城选官时,不会穿公服、不会戴乌纱帽,也不知道如何选官、如何陛见、如何辞行,甚至有的连官话也说不好。这时自然会有不请自来的长班,教他们如何应付,带着他们出入官场应酬。如与《红楼梦》同时代的小说《歧路灯》里,主人公谭孝移进京选官,还未进北京城就有长班投靠。到了北京,长班就请谭孝移开出现任京官的乡友清单,自己立即前去投帖,说是“小的们胸藏着一部《缙绅》(官员名录),脚踏千条胡同,有何难访难问?”

有模有样教做官

官员一旦放了外任,就有座师、同乡给他们推荐长随,随同上任,教他们种种做官的诀窍。外放的官员来到人生地不熟的任所,都是依靠师爷出主意,依靠长随监督执行,由此才能实现自己控制衙门的体制。

长随能够出头露面,一方面是因为他们的身份不是贱民,另一方面也是他们大多有一技之长,粗通文墨,熟悉衙门的各种陋规常例。他们大多出身于城市,尤其是“天子脚下”的京城,看惯了当官的模样,懂得了做官的诀窍,虽然做不了官,但却能够做出一副“官模官样”,说得一口官话。《歧路灯》里甚至说“他们吃冷燕窝碗底的海参,穿时样京靴,摹本元色缎子,除了帽子不像官,享用不亚于官”。他们在衙门里替官员看守衙门内宅的宅门,跟随官员外出,联系地方绅士,整理文书档案,管理各类官府设施。清朝时在大的地方衙门里,长官带的长随往往达到上百人,小的州县至少也有一二十人。他们替长官把持衙门,代表长官指挥书吏、衙役,因此被尊称为“大爷”“二爷”。他们叫长官“老爷”,互相之间称呼“朋友”。甚至一些佐杂官也要和他们称兄道弟。

长随谈判而成的“江宁条约”

长随能耐之大现在人实在难以想象。如茅海建先生在《天朝的崩溃》一书中披露:在鸦片战争后期,在南京城下为订立“城下之盟”而代表堂堂“天朝”直接和英国侵略军谈判的,居然就是一个长随。

这位长随名叫“张喜”(长随的姓名大多为假名,不是“喜”、就是“升”之类的吉利名字),原来是书吏出身,后来在原任钦差大臣、协办大学士、两江总督伊里布门下当长随,因为粗通文墨、办事干练而大得信任。伊里布1841年在浙江与英军谈判时，靠的就是张喜。1842年伊里布被道光帝点中来南京协助两江总督牛鉴和英国人谈判，他急如星火地要张喜前来，让他“暂戴五品顶戴”，“以工代干”充当谈判代表。张喜赶到南京后，伊里布甚至还赋诗庆幸：“且喜帷筹来管乐，非为掉古有苏张。”简直把这位长随当成了管仲、乐毅、苏秦、张仪那样的圣贤。

张喜倒也不含糊，一到南京立刻就受命赶往英舰，连续谈判十个小时。第三天又凌晨时分上舰谈判，下午转移到下关静海寺继续，确定战争赔款两千一百万银圆以及其他的条款。以后的谈判才有清朝的官员参加，真正的钦差大臣耆英只是最后时刻出场签字画押而已。张喜所写的《抚夷日记》和《探夷说帖》，尽管大话连篇，但至今仍然是唯一参加这一重要谈判的中方参与者的记录资料，比他的主子向皇帝打的报告有更多一点的真实性。

倒贴“带驮子”

长随虽然受雇于长官，但每年最多十几两银子的那一点“雇资”“劳金”根本不在长随们的眼里。他们“醉翁之意不在酒”，为的是凡事经手都可以有一份陋规常例。《歧路灯》里提到:“做官的长随,若不是劳金之外,有些别路外快儿,谁还肯跟哩。”

这种手续费性质的“陋规”数量十分惊人。《官场现形记》第四十四回“跌茶碗初次上台盘　拉辫子两番争节礼”里说一个州衙门里的长随,每年的收入“好几千的拿”,比当佐杂官收入要高几十倍,倒过来嘲笑为了几两银子节礼就大打出手的佐杂官。

为了这样一笔收入,很多长随是说好不要雇资的,甚至还倒过来出一笔钱填补长官上任的费用,或者给介绍人一笔“荐资”。上文所引的《红楼梦》描写中就说那些长随是“花了若干的银子打了个门子”才得以跟随前来的。这称为“带驮子”的长随,意思是长官带了这种长随,就会事事受其掣肘,如同驴背上了驮子,负担很重。

长随的法律身份比一般的家人奴仆要高,干的行当一般也比家人奴仆要上台面。不过在当时社会里,主人们最不放心长随的就是没有法律上的“主仆名分”,难于管束。《官场现形记》第五回“藩司卖缺兄弟失和　县令贪赃主仆同恶”里,因为分赃不均长随还敢和官员打官司。清朝人汪辉祖在他的《学治臆说》一书中说:“长随与契买家奴不同,忽来忽去,事无常主。里居、姓氏俱不可凭,忠诚足信,百无一二。”纪昀在《阅微草堂笔记》中也说:“州县官长随,姓名籍贯皆无一定,盖预防奸赃败露,使无可踪迹追捕也。”在这本书里,纪昀记载了不少长随作恶的故事。还说长随们偷偷祭祀的行业神“钟三郎”肯定就是“中山狼”一音之转,表现出对于这一行当的深恶痛绝。

虽然说起来咬牙切齿,可是因为主人在做官时少不了这些长随的帮助,又不得不要雇长随。以自己的家仆治家,以外雇的长随办事,这就是清朝时官场上的“一官两仆”。

后记

早在攻读法律史研究生阶段，我就对文学作品所反映的法律文化现象非常感兴趣，在阅读欣赏文学名著之余，摘录了大量相关材料。任教后，我逐渐将一些心得体会撰写成文，陆续发表在一些报纸杂志上。后来，我又在上海电视台纪实频道“文化中国”栏目，以及中央电视台社会与法频道“法律讲堂（文史版）”栏目担任主讲嘉宾，录制了有关文学作品中法律文化现象的电视系列节目。

2008 年年底，经当代中国出版社建议，将我的文章及讲稿中有关《三国演义》《水浒传》《西游记》《金瓶梅》《红楼梦》这明清五大小说名著中法律文化的内容单列出来编辑成书,并由编辑拟定了书名《古人的天平——中国古典文学名著中的法文化》,于当年出版。2012 年,因为得到了北京大学出版社的鼓励,我又将一段时间以来有关《水浒传》《金瓶梅》《红楼梦》三本名著中法律文化的新文章和讲稿编辑为一本新书,同样由编辑定名为《戒石铭与皮场庙——中国古典名著的法眼解读》,在北大出版社出版。

十多年过去,法律出版社建议我修订合并这两本书进行再版。因此,这次将两本书合二为一,删除了一些重复的篇目,增补了若干最新的个人心得体会,对全书的篇目以及文字也进行了调整和修订,因此,全书的篇幅有所增加,内容也更为充实。

当然,读者才是一本书最后的评判者。感谢诸位开卷并读到了这页后记的读者。衷心希望诸位读者对这样的名著解读给予理解与支持,并通过阅读本书而对源远流长的中国法律文化传统产生更大的兴趣。

郭 建

2024 年仲春

图书在版编目（CIP）数据

古人的天平. 上卷, 透过古典名著看法律文化 / 郭建著. -- 北京 : 法律出版社, 2025. -- ISBN 978-7-5197-3096-3

Ⅰ. I206.2；D909.2

中国国家版本馆CIP数据核字第2025PW8138号

古人的天平（上卷）

GUREN DE TIANPING（SHANGJUAN）

作　　者：郭　建

责任编辑：柯　恒

装帧设计：鲍龙卉

出版发行：法律出版社

编辑统筹：学术·对外出版分社

责任校对：王语童

责任印制：胡晓雅　宋万春

经　　销：新华书店

开　　本：880 毫米 × 1230 毫米　1/32

印　　张：9.25

字　　数：146千

版　　本：2025年3月第1版

印　　次：2025年3月第1次印刷

印　　刷：永清县金鑫印刷有限公司

书　　号：ISBN 978-7-5197-3096-3

定　　价：58.00元

销售电话：010-83938349　客服电话：010-83938350　咨询电话：010-63939796

地　　址：北京市丰台区莲花池西里7号(100073)

网　　址：www.lawpress.com.cn

投稿邮箱：info@lawpress.com.cn

举报盗版邮箱：jbwq@lawpress.com.cn

凡购买本社图书，如有印装错误，我社负责退换。电话：010-83938349